Elisa Lark

Narzissen, Krokusse und eine Leiche

Provinzkrimi

Kurzbeschreibung

In einem Vorgarten wird die Leiche eines jungen Mannes gefunden. Er wurde mit mehreren Messerstichen brutal getötet und Karl begibt sich mit Hansi und Simone auf die Jagd nach dem kaltblütigen Mörder. Die Ermittlungen führen sie zu einem Mann, dessen Freundin eine Affäre mit dem Opfer hatte. Gerade als sie denken, dass der Mord schnell aufgeklärt ist, zaubert der Verdächtige ein Alibi aus dem Ärmel und die Suche beginnt von vorne.

1. Kapitel

15. März, nachmittags halb drei in Niederhaibach

„Hast du denn schon gesehen wie schön in meinem Blumenbeet die Narzissen und Krokusse blühen?“, fragt Rosi mich, als sie aus dem Küchenfenster sieht.

Sie liebt unseren Garten, wohingegen ich darin nur einen Haufen Arbeit sehe. Natürlich sind mir ihre Blumen nicht aufgefallen, was aber einfach daran liegt, dass ich mich dafür nicht interessiere. Aber ich werde mich hüten, dies zuzugeben und brumme lediglich ein leises „Mhm“. Schließlich möchte ich sie nicht direkt anlügen.

„Welche Farbe haben die Krokusse?“

Bei ihrer Frage sehe ich von der Zeitung, die ich gerade lese, auf. Jetzt hat sie mich erwischt. Da ich bisher keinen Blick an die Blumen verschwendet habe, weiß ich natürlich auch nicht, welche Farbe die Krokusse haben. Ich habe nun zwei Möglichkeiten. Entweder gebe ich das zu, oder ich versuche mein Glück und rate. So viele Farben stehen ja nicht zur Auswahl und wenn ich mich nicht irre sind Frühlingsblumen meist gelb oder weiß.

Okay, ich rate einfach mal drauf los.

„Gelb“, antworte ich daher.

Ich bin mir ziemlich sicher, dass die ersten Frühlingsblumen, die Rosi immer auf den Tisch stellt gelbe Kelchblumen sind.

„Das sind die Narzissen“, erwidert sie.

Tja, zumindest lag ich teilweise richtig.

„Und die Krokusse?“, hakt sie weiter nach.

Sie ist wirklich verdammt hartnäckig und gibt einfach nicht auf.

„Weiß“, versuche ich es erneut mit raten.

„Du hast die Blumen überhaupt noch nicht angesehen oder?“, fragt sie vorwurfsvoll und stemmt dabei ihre Hände in die Hüften.

„Nicht weiß?“, frage ich mit entschuldigender Miene.

„Lila“, brummt sie finster.

Okay, darauf wäre ich nun wirklich nicht gekommen. Haben wir wirklich lila Blumen im Garten? Das muss ich mir ja direkt mal ansehen.

„Ich bin eben nicht so der Blumenmensch“, erkläre ich ihr.

„Ach, was du nicht sagst“, entgegnet sie zynisch.

Ich vermeide weitere Diskussionen und blättere weiter in meiner Zeitung.

„Den Ausflug morgen hast du aber nicht vergessen oder?“

Ihre Frage klingt überaus vorwurfsvoll und auch wenn ich tatsächlich nicht mehr daran gedacht habe, gebe ich das jetzt auf keinen Fall zu.

„Natürlich habe ich den nicht vergessen“, erwidere ich, und überlege angestrengt um welchen Ausflug es sich handelt.

Sie zieht ihre Augenbrauen in die Stirn und sieht mich misstrauisch an.

„Wo fahren wir gleich nochmal hin?“, hake ich nach.

Rosi rollt genervt mit den Augen. Vermutlich hat sie erwartet, dass ich mir das gemerkt habe. Aber ehrlich gesagt habe ich nur mit einem Ohr zugehört, als sie mir von dem Tagesausflug mit dem Seniorenverein erzählt hat. Es ist schon Wochen her, dass sie uns dazu angemeldet hat. Wirklich gefragt hat sie mich dafür auch nicht. Meine Frau hat es mir mehr oder weniger mitgeteilt. Entschieden hat sie ganz alleine, dass wir einen ganzen Tag mit lauter alten Leuten verbringen werden.

Ich finde ja, dass wir eigentlich noch viel zu jung für den Seniorenverein sind. Immerhin stehe ich noch mit beiden Beinen im Arbeitsleben. Nun ja, vielleicht nicht mehr mit beiden Beinen, sondern nur noch mit einem ab und zu. Aber immerhin!

Ich gehöre noch lange nicht zum alten Eisen.

„Es wird ein Tagesausflug nach Bad Füssing ins Bad“, antwortet sie seufzend.

Jetzt weiß ich auch wieder, warum ich mich daran nicht mehr erinnern kann. Ich habe es offensichtlich verdrängt, denn ich mag diese warmen Chlortümpel nicht. Aber mich fragt ja keiner und meine Frau hat einfach entschieden, dass uns so ein Wellnesstag zwischendurch ganz guttun würde.

Genau genommen könnte mich jetzt nur noch ein Mord retten, bei dessen Aufklärung Hansi mich zur Hilfe anfordert. Ein Blick auf die Uhr zeigt mir jedoch, dass mich lediglich noch ein paar Stunden vom ungeliebten Ausflug trennen.

„Hast du schon deine Badehose rausgesucht?“, fragt Rosi mich.

„Ich habe eine Badehose?“, entgegne ich zynisch.

Meine Frau stößt einen genervten Laut aus und rollt dabei mit den Augen.

„Karl, du machst mich wahnsinnig“, ruft sie und wirft dabei ihre Arme in die Luft.

„Schon gut, schon gut“, erwidere ich beruhigend. „Ich gehe gleich hoch und suche sie.“

Mit finsterer Miene nickt sie mir knapp zu. So wie es aussieht habe ich ihre Geduld für heute schon genug strapaziert. Daher mache ich mich auf den Weg ins Schlafzimmer und begebe mich auf die Suche nach meiner Badehose. Ich muss ja zugeben, dass ich am liebsten meine alte Badehose trage, die wie eine Unterhose geschnitten ist. Allerdings hat meine Frau vor zwei Jahren beschlossen, dass eine Short meiner Figur besser schmeichelt und mir eine kurze Hose besorgt, die ich zum Baden anziehen soll. Ich finde dieses Teil allerdings störend beim Schwimmen, weshalb ich in Betracht ziehe, diese einfach zu Hause zu lassen, dann muss ich ja gewissermaßen meine alte Badehose anziehen. Das ist ein guter Plan.

Als ich den Schrank durchsuche, stelle ich allerdings schnell fest, dass von meiner alten Badehose jede Spur fehlt. Nur dieser neue Stoffberg, den ich zum Schwimmen tragen soll, liegt in der Schublade bereit, wo bisher auch meine alte Badehose untergebracht war. Ich frage mich nur, wo das gute Stück hingekommen ist.

Ich fange an die Schubladen zu durchsuchen, und als ich meine Lieblingsbadehose nicht finde, entleere ich die Schubladen und lege den Inhalt aufs Bett.

„Das gibt es doch nicht“, seufze ich und werfe immer mehr meiner Kleidung auf das Bett.

Mittlerweile bin ich schon bei unserem großen Kleiderschrank angekommen und ich durchforste den Schrankboden. Dort befinden sich neben ein paar Schuhen auch zwei verschlossene Kisten. Ich habe keine Ahnung was sich darin befindet. Als ich sie aufmache kommt darin Bettwäsche zum Vorschein. Allerdings Bettwäsche die ich noch nie in meinem Leben gesehen habe, oder an die ich mich einfach nicht mehr erinnern kann, weil Rosi sie schon so lange nicht mehr benutzt hat. Wir haben definitiv zu viel Bettwäsche.

Ich schließe die Deckel wieder, denn darin werde ich meine Badehose wohl nicht finden. Seufzend richte ich mich wieder auf, was gar nicht so einfach ist, wenn man in meinem Alter so lange gebückt war.

„Was ist denn hier los?“, ruft Rosi, als sie den Raum betritt und auf den Wäscheberg starrt, den ich auf das Bett geworfen habe.

„Ich kann meine Badehose nicht finden“, klage ich ihr mein Leid.

Rosi runzelt die Stirn und sieht auf das Bett, bevor sie ein paar Klamotten beiseitenimmt.

„Hier ist sie doch“, entgegnet sie und lässt die Badeshort in der Luft baumeln.

„Ich spreche von meiner Lieblingsbadehose“, informiere ich sie.

„Du redest aber nicht etwa von dem alten Ding, das dir erstens schon viel zu klein ist und zweitens der Stoff schon so alt und dünn ist, dass man an einigen Stellen schon durchsehen kann.“

„Genau die“, nicke ich zustimmend, in der Hoffnung, dass meine Frau genau weiß, wo ich die Badehose finden kann.

„Die habe ich schon entsorgt“, antwortet sie und drückt mir die Badeshort in die Hand.

„Du hast was?“, rufe ich aufgebracht.

„Nimm die!“, fordert sie entschlossen. „Und räum die Sachen wieder in den Schrank!“

Sie wendet sich ab und verlässt das Schlafzimmer, während ich ihr ungläubig hinterherstarre.

„Aber das war meine Lieblingsbadehose“, rufe ich ihr hinterher.

„Deswegen war sie vermutlich auch schon zwanzig Jahre alt“, entgegnet sie, bevor ich ihre Schritte höre, wie sie die Treppe nach unten geht.

Ich fasse es nicht!

Da hat Rosi einfach meine Badehose in den Müll geworfen. Dabei war diese noch gar nicht so schlecht. Ich gebe ja zu, dass der Gummi schon etwas ausgeleiert war, aber für mich war es gerade richtig, dadurch hat er mir nämlich nicht so ins Fleisch geschnitten. Und dünne Stellen im Stoff sind mir nicht aufgefallen. Außerdem brauche ich eine Badehose sowieso nur ein bis zweimal im Jahr. Dafür hätte sie schon noch getaugt.

2. Kapitel

16. März, morgens halb acht in Niederhaibach

„Jetzt musst du dich aber mal beeilen“, fordert Rosi mich am Esstisch auf. „In einer viertel Stunde müssen wir zum Bus.“

Rosi hat eine kleine Reisetasche in der Hand, in der sich meine ungeliebte Badehose, Handtücher und ihr Badeanzug befindet. Auf diesen Ausflug könnte ich gut und gerne verzichten. Das Einzige worauf ich mich freue, ist das Essen, denn für gewöhnlich halten Senioren viel aufs Essen. Daher gibt es bei solchen Ausflügen meist schon im Bus eine Brotzeit und wenn es gut läuft sogar Kuchen.

Die Zeit in dem Bad muss ich dann wohl über mich ergehen lassen. Zumindest ist so ein Bade-Wellness-Tag nicht anstrengend. Ich schnappe mir da eine Liege und verbringe die meiste Zeit darauf. Ich hoffe nur, dass ich meinen Plan auch umsetzen kann und mir meine Frau da nicht dazwischenfunkt.

„Ich freue mich schon auf die Wassergymnastik“, sagt Rosi voller Vorfreude.

„Was für eine Wassergymnastik?“, hake ich hellhörig nach.

„Vor dem Mittagessen haben wir Wassergymnastik für unseren Bus gebucht. Da wir so viele sind, müssen wir es auf zwei Gruppen aufteilen."

„Also ich muss da wirklich in keine Gruppe", entgegne ich ablehnend.

„Da gibt es für keinen eine Ausrede", erwidert Rosi streng. „Alle müssen mitmachen."

Das war es dann wohl mit meinem entspannten Tag auf der Liege. So habe ich mir das wirklich nicht vorgestellt und ganz sicher wird es für mich auch nicht entspannend.

Rosi drängt mich, endlich aufzustehen und die Küche zu verlassen. Wenn ich mich langsam genug bewege, dann könnte ich es vielleicht schaffen, dass wir den Bus verpassen. Aber so wie ich meine Frau kenne, wird sie das nicht zulassen.

Als ich gerade meine Schuhe anziehe, klingelt unser Telefon. Ich halte inne und richte mich auf. Rosi sieht mich stirnrunzelnd an.

„Geh nicht ran!", fordert sie mich auf.

Ich werfe einen Blick auf das Display und da steht die Nummer des Reviers drauf.

„Ich muss, es ist die Arbeit", erwidere ich schulterzuckend und greife nach dem Telefon.

Insgeheim hoffe ich ja, dass Hansi mich vor dem Ausflug rettet. Natürlich freue ich mich nicht, wenn Verbrechen geschehen, aber wenn schon ein

Verbrechen geschehen ist, dann wäre es im Moment zumindest hilfreich für mich.

„Guten Morgen Hansi, was gibt es denn?“, frage ich ihn und spüre dabei Rosis misstrauischen Blick auf mir.

Als ich zu ihr sehe, hat sie die Arme vor der Brust verschränkt und ihre Augen zusammengekniffen.

„Guten Morgen, hast du Interesse an einer Mordermittlung?“, fragt Hansi mich.

„Natürlich komme ich, wenn ihr meine Hilfe braucht“, entgegne ich und sorge damit dafür, dass es sich für Rosi so anhört, als hätte Hansi mich gebeten, ihnen zur Hilfe zu eilen.

„Natürlich nur, falls du nichts Besseres vorhast“, erwidert Hansi.

Ein Glück, dass Rosi nicht hören kann, was Hansi sagt.

„Ich bin gleich bei euch“, versichere ich ihm, bevor ich das Gespräch beende und das Telefon zurück in die Ladeschale stelle.

Rosi sieht mich vorwurfsvoll an.

„Das ist jetzt nicht dein Ernst?“

„Tut mir leid, aber ich kann Hansi und Simone doch nicht hängenlassen“, erkläre ich ihr.

Sie schüttelt missbilligend den Kopf.

„Mach doch, was du willst“, brummt sie.

„Wir holen das nach, versprochen“, beteuere ich.

Ich verschweige ihr natürlich, dass meine Hilfe freiwillig ist und die beiden vermutlich auch ohne mich klargekommen wären. Aber ich habe die Situation genutzt und mich so dem Badetag im warmen Tümpel entzogen.

„Kannst du mich wenigstens noch beim Bus absetzen?“, fragt sie grimmig.

„Natürlich“, erwidere ich und greife nach dem Autoschlüssel.

Der Bus startet beim Pfarrheim und das liegt sowieso auf meinem Weg zum Revier.

„Ich wünsche dir einen schönen Tag“, sage ich zu Rosi, als ich den Wagen vor dem Pfarrheim stoppe.

Als ich mich vorbeuge, um ihr noch einen Abschiedskuss zu geben, sieht sie mich finster an.

„Danke, den werde ich haben“, erwidert sie schnippisch und steigt aus meinem Auto aus.

Sie ist wirklich sauer und würdigt mich auch keines Blickes mehr, während sie auf ihre Freundinnen zugeht, die schon auf sie warten. Sogar der Leitner Xaver ist bei dem Ausflug dabei. Vielleicht wäre es ja doch ganz lustig geworden. Doch gerade als ich das denke, verabschiedet er sich von seiner Frau und kommt auf mich zu.

Ich öffne das Beifahrerfenster.

„Fährst du auch nicht mit?“, frage ich ihn, als er bei mir ankommt.

„Ich habe leider keine Zeit, weil ich noch was in der Metzgerei erledigen muss“, antwortet er.

Natürlich ist uns beiden klar, dass es auch nur eine Ausrede ist. Sicherlich hätte er es sich so einrichten können, dass er den Tag frei gehabt hätte, doch vermutlich mag er Badeausflüge genauso gerne wie ich.

„Wie bei mir“, erwidere ich und zwinkere ihm verschwörerisch zu.

„Servus“, sagen wir unisono, bevor ich das Fenster wieder schließe und mich auf den Weg ins Revier mache.

Dort werde ich schon von Hansi und Simone erwartet, die bereits startklar vor dem Eingang zum Revier stehen. Ich steige aus meinem Wagen und als die beiden mich sehen, kommen sie schon auf mich zu.

„Gut, dass du bist da. Dann können wir gleich los“, sagt Simone, nach einer kurzen Begrüßung.

„Wo müssen wir denn eigentlich hin?“, frage ich nach.

„Die Leiche liegt in einem Garten eines Einfamilienhauses etwas außerhalb der Stadt“, antwortet Simone.

„Wissen wir schon etwas über den Tathergang?“, hake ich nach.

„Bei dem Opfer handelt es sich um einen jungen Mann, der offensichtlich mit mehreren Messerstichen getötet wurde“, antwortet Hansi.

Wir steigen ins Auto und Hansi startet den Motor. Er lenkt den Wagen raus aus der Stadt, bis wir in einem kleinen Vorort ankommen. Dort fährt er in eine Nebenstraße, wo auch schon mehrere Polizeiautos und der Kombi unserer Spurensicherung am Straßenrand parken.

Hansi parkt das Auto hinter dem Kombi und als wir aussteigen sehe ich auch schon Rudi, unseren Gerichtsmediziner, am Tatort. Er steht im Garten und als wir uns ihm nähern, fallen mir die lilafarbenen Blumen auf dem Boden auf. Das sind dann wohl die Krokusse von denen meine Frau gesprochen hat. Auf der einen Seite sehe ich ein paar der gelben Kelche, die Rosi ebenfalls in ihrem Blumenbeet stehen hat.

„Da kommt ja die Kavallerie“, witzelt Rudi, als wir bei ihm ankommen.

Eigentlich ist Rudi eher weniger der Mann, der Scherze macht. Für gewöhnlich gehört er zu der wortkargen Sorte Mensch. Daher sehe ich ihn verwundert an. Rudi wirkt überaus gutgelaunt, für seine Verhältnisse fast schon aufgedreht.

„Hast du schon auf uns gewartet?“, frage ich nach.

Ich werfe einen Blick auf die Leiche, die am Boden liegt und in diesem Moment vergeht mir auf einen Schlag die gute Laune. Der Mann wurde übel zugerichtet.

3. Kapitel

16. März, vormittags halb neun in der Nähe von Straubing

„Ist Rudi heute irgendwie anders?“, flüstert Hansi mir zu, sodass es Rudi nicht hören kann.

„Das ist mir auch schon aufgefallen“, erwidere ich leise. „Der ist übertrieben gut drauf.“

„Dann bin ich nicht der Einzige, der diese Veränderung bemerkt hat.“

„Vielleicht ist er ja neu verliebt“, murmle ich.

Ich weiß, dass Rudi schon seit vielen Jahren geschieden ist. Womöglich war er ja deswegen immer so griesgrämig und hat nun eine neue Frau gefunden. Es würde mich nicht wundern, wenn das der Grund für seine gute Laune wäre.

Allerdings werde ich mich hüten ihn danach zu fragen. Immerhin möchte ich seine gute Laune nicht sofort wieder zerstören und ich bin ziemlich sicher, dass Rudi niemand ist, der gerne über sein Privatleben redet.

„Hast du schon Informationen für uns?“, fragt Simone, der offensichtlich Rudis Veränderung nicht aufgefallen ist.

Es kann natürlich auch sein, dass sie sich einfach nichts anmerken lässt, oder es ihr schlichtweg egal ist.

„Bei dem Opfer handelt es sich um Tobias Neumann, 28 Jahre alt und an dieser Adresse gemeldet“, erklärt Rudi. „Wie ihr unschwer erkennen könnt, wurde er mit einem Messer getötet. Genau genommen sogar mit zehn Stichen in den Bauch- und Brustraum.“

„Das erklärt das viele Blut“, murmelt Hansi.

Ich weiß, dass ihm der Anblick von so viel Blut nicht gerade gut bekommt. Er rümpft angewidert die Nase und wendet seinen Blick ab.

„Todeszeitpunkt war vor etwa drei bis vier Stunden“, sagt er weiter.

„Vielleicht ist er gerade nach Hause gekommen“, schlägt Simone vor.

„Mitten in der Nacht, oder besser gesagt so früh am Morgen?“, hakt Hansi zweifelnd nach.

„Es ist Wochenende, vielleicht war er aus und kam erst in den Morgenstunden nach Hause“, entgegnet Simone schulterzuckend.

„Wer hat ihn gefunden?“, frage ich.

„Der Vater“, antwortet Rudi. „Die Kollegen sind mit ihm im Haus und befragen ihn.“

„Hat er den Mord beobachtet?“

Bei meiner Frage schüttelt Rudi den Kopf.

„Nein, er hat ihn nur gefunden.“

„Gibt es sonst Zeugen?“, hakt Simone nach.

„Soweit ich weiß nicht, aber die Kollegen befragen die Nachbarschaft. Vielleicht hat von denen ja jemand etwas gesehen“, antwortet Rudi.

„Kannst du etwas über die Tatwaffe sagen?“

Bei Hansis Frage schüttelt Rudi den Kopf.

„Dazu muss ich die Leiche erst genauer untersuchen. Sobald ich mehr weiß, melde ich mich bei dir“, erwidert er und beugt sich wieder über die Leiche.

Ich sehe zum Haus und in diesem Moment kommen zwei junge Kollegen aus dem Haus des Opfers. Da sie womöglich gerade mit dem Vater unseres Opfers gesprochen haben, gehe ich auf sie zu.

„Habt ihr mit dem Vater gesprochen?“, frage ich die beiden, als ich bei ihnen ankomme.

„Ja, er ist ziemlich schockiert und bestürzt. Kein Wunder, immerhin hat er die übel zugerichtete Leiche seines Sohnes im Garten gefunden“, antwortet einer der beiden.

„Hat er denn etwas mitbekommen, wer der Mörder seines Sohnes ist?“, fragt Simone die Kollegen.

Beide Kollegen schütteln unisono den Kopf.

„Er hat nichts gehört oder gesehen“, sagt einer von ihnen. „Erst als er morgens aufgestanden ist und aus dem Fenster schaute, sah er das Unglück.“

„Außerdem ist der Vater völlig fertig. Vielleicht solltet ihr morgen nochmal mit ihm reden, wenn er sich etwas beruhigt hat. Womöglich fällt ihm ja noch etwas ein das ihn der Schock im Moment vergessen lässt“, wirft der andere Kollege ein.

„Braucht er denn psychologische Unterstützung?“, hakt Simone nach.

„Er hat seine Schwester angerufen, die ist gerade angekommen und kümmert sich um ihn“, antwortet der Kollege.

Wir bedanken uns bei den Kollegen von denen wir den Bericht über die Aussage des Vaters später erhalten. Morgen werden wir den Vater erneut aufsuchen und ihn nochmal befragen. Manchmal können die Angehörigen erst wieder klarsehen, wenn der erste Schock überwunden ist.

Nachdem auch die ganze Nachbarschaft befragt ist und wir keinerlei Hinweise zu dem brutalen Mord erhalten, machen wir uns auf den Weg ins Revier.

Zurück im Büro angekommen hole ich mir eine Tasse Kaffee, bevor ich mich auf meinem Schreibtischstuhl niederlasse.

„Der arme Kerl wurde ganz schön zugerichtet“, sage ich nachdenklich.

Jetzt habe ich fast ein schlechtes Gewissen, dass ich mir eine Ausrede für den Badeausflug gewünscht habe. Natürlich habe ich dabei nicht an einen schrecklichen Mord gedacht.

„Und bisher haben wir absolut keinen Hinweis auf den Täter“, murmelt Hansi.

„Vielleicht findet Rudi ja noch etwas bei seiner Untersuchung“, erwidert Simone.

„Rosi war sicher nicht begeistert, dass wir dich am Wochenende ins Revier gerufen haben“, sagt Hansi und sieht mich dabei an, als hätte er eine Vorahnung, dass ich gar nicht so unglücklich über seinen Anruf war.

„Genau genommen wäre heute ein Ausflug nach Bad Füssing ins Bad vorgesehen gewesen“, gestehe ich ihnen schließlich.

„Aber du hättest ihn doch nicht verschieben müssen“, sagt Simone. „Wir wären heute schon klargekommen.“

„Ich habe ihn nicht verschoben. Es war ein Ausflug mit dem Bus und Rosi ist ohne mich mitgefahren“, erkläre ich ihr.

Hansi verzieht grinsend die Mundwinkel und sieht mich wissend an.

„Jetzt wird mir auch klar, warum du gleich zugestimmt hast, als ich dich angerufen habe.“

Simone runzelt die Stirn und sieht von mir zu Hansi.

„Das verstehe ich jetzt nicht“, murmelt sie.

„So wie ich den Karl kenne, ist er von einem Planschtag nicht sonderlich begeistert“, erklärt Hansi.

Er sieht mich fragend an und grinst dabei schief. Ich zucke die Schultern und scheue mich noch es zuzugeben.

„Dann warst du also froh, dass du die Arbeit als Ausrede nehmen konntest?“, fragt Simone überrascht.

„Was heißt froh“, erwidere ich.

Manchmal wünschte ich wirklich, ich hätte ein bisschen mehr Talent fürs Flunkern. Aber das will mir nicht so recht gelingen.

„Du bist ja ein Schlingel“, grinst Simone und lässt tadelnd ihren Zeigefinger hin- und herschwingen.

„Genau genommen wurde ich gar nicht gefragt, ob ich überhaupt mitfahren möchte“, verteidige ich mich. „Außerdem hat Rosi meine Lieblingsbadhose entsorgt.“

„Lass mich raten“, sagt Hansi schmunzelnd. „Das war die, die dir schon vor zehn Jahren eine Nummer zu klein war.“

„Das ist nicht witzig“, brumme ich. „Jetzt hat sie so eine labbrige Boxershort besorgt.“

„Und das Vorgängermodell war anders?“, hakt Simone nach.

„Natürlich, die war wie eine Unterhose geschnitten und störte nicht beim Schwimmen“, erkläre ich ihr.

„Gibt es so altmodische Modelle überhaupt noch?“, fragt Simone amüsiert.

Ich werfe ihr einen tadelnden Blick zu. Jetzt fängt sie auch noch mit diesen spitzen Bemerkungen an.

4. Kapitel

16. März, nachmittags halb zwei in Straubing

Rudi ist mit seiner Untersuchung fertig und wir sind gerade bei ihm angekommen.

„Ich hoffe du hast gute Neuigkeiten für uns“, sage ich, als wir seinen Untersuchungsraum betreten.

Auf der Metallpritsche liegt der leblose Körper des jungen Mannes. Bis zur Brust ist die Leiche mit einem türkisfarbenen Tuch bedeckt.

„Ob es Gute sind, kann ich nicht beurteilen, aber zumindest habe ich Neuigkeiten“, entgegnet er und schlägt das Tuch zurück, sodass der Oberkörper der Leiche freiliegt.

Man sieht deutlich die Einstiche, auch wenn sie mittlerweile nur noch schmale, rote Striche sind. Das Blut ist weggewischt und es kommt auch kein Neues mehr nach.

Ich muss Rudi ja bewundern, denn ich könnte seine Arbeit nicht machen. Der Umgang mit toten Menschen liegt mir nicht. Abgesehen davon, dass mir der Anblick von Blut nicht sonderlich gut bekommt, widerstrebt mir die Vorstellung in den Eingeweiden eines Leichnams rumzuwühlen.

„Also welche?“, hake ich ungeduldig nach.

„Er wurde mit zehn Messerstichen in den Oberkörper getötet. Unter den Fingernägeln des Opfers habe ich Gewebespuren gefunden. Leider ist die DNA nicht in unserer Datenbank“, erklärt er.

„Weißt du denn etwas mehr über das Messer, mit dem das Opfer getötet wurde?“, hakt Hansi nach.

„Die Klinge müsste etwa acht Zentimeter lang gewesen sein, und den Wunden nach zu urteilen tippe ich auf ein Gemüsemesser, wie es in quasi jedem Haushalt zu finden ist“, antwortet er.

„Na, das sind jetzt nicht wirklich so gute Nachrichten“, murmle ich seufzend.

Ein handelsübliches Küchenmesser als Tatwaffe ist nicht sonderlich hilfreich. Denn das schränkt den Täterkreis nicht ein. Quasi jeder hat Zugang zu einem solchen Messer und könnte somit auch der Täter sein.

„Es tut mir leid, aber ich kann euch nur Fakten liefern“, sagt er mit einem entschuldigenden Schulterzucken. „Sollte ich eine Glaskugel finden, die mich Hellsehen lässt, melde ich mich sofort bei euch.“

Rudis Verhalten ist mir fast schon suspekt. Für gewöhnlich ist er nicht so gesprächsbereit, sondern versorgt uns lediglich kurz und knapp mit Informationen. Doch heute ist er fast schon eine Quasselstrippe. Nicht zu vergessen, die scherzhaften Bemerkungen, die er ab und an einfließen lässt.

Irgendetwas muss sich in Rudis Privatleben verändert haben und langsam aber sicher werde ich wirklich neugierig, um was es sich dabei handelt.

„Sag mal Rudi, warum bist du denn heute so gut gelaunt?“, fragt ihn Hansi direkt.

„Ich bin doch wie immer“, entgegnet er schulterzuckend.

Hansi zieht seine Augenbrauen in die Stirn und sieht von Rudi erst zu Simone und dann zu mir. Es scheint, als wolle er unsere Bestätigung seiner Einschätzung gegenüber Rudi.

„Du bist tatsächlich um einiges gesprächiger als sonst“, stimme ich Hansi schließlich zu.

Nun ist es Rudi, der die Stirn runzelt und mit einem Mal verändert sich seine Miene.

„Dann sage ich eben nichts mehr“, brummt er beleidigt.

„Das war ja gar nicht böse gemeint“, werfe ich schnell ein. „Im Gegenteil, ich finde es toll.“

„Also fandest du mich zuvor nicht toll?“, hakt er zynisch nach.

„Du verstehst mich völlig falsch“, entgegne ich und sehe hilfesuchend zu Hansi.

Genau aus diesem Grund wollte ich Rudi auf seine gute Stimmung nicht ansprechen. Warum hat er jetzt eigentlich mich auf dem Kieker und das obwohl es doch Hansi war, der ihn zuerst darauf angesprochen hat?

„Karl meinte nur, dass es angenehm ist, wenn man dir nicht alles aus der Nase ziehen muss“, lacht Hansi und schüttet damit noch mehr Öl ins Feuer.

Rudis Augenbrauen ziehen sich zusammen und er nimmt mich regelrecht ins Visier.

„Das habe ich nie gesagt“, sage ich und hebe beschwichtigend die Hände. „Ich finde ja du hast immer alles kurz und bündig auf den Punkt gebracht.“

„Also war ich dir als wortkarger Griesgram lieber?“

Rudi sieht mich vorwurfsvoll an und verschränkt seine Arme vor der Brust.

„Also du drehst mir ja wirklich jedes Wort im Mund herum“, erwidere ich seufzend.

Ich weiche Rudis Blick nicht aus, bis er schließlich seine Mundwinkel hebt und lächelt.

„Ihr müsst euch wohl an mein neues Ich gewöhnen“, sagt er und löst seine verschränkten Arme.

„Gut zu wissen“, sagt Hansi vergnügt.

„Schön, dass wir das geklärt haben“, seufze ich und entspanne mich wieder.

„Um wieder auf das Wesentliche zurückzukommen“, wirft Simone ein. „Hast du noch weitere Informationen?“

„Ansonsten war an der Leiche nichts mehr festzustellen. Aber das könnt ihr dann auch noch meinem Bericht entnehmen, den ich gleich noch fertigmache“, antwortet Rudi.

Zurück im Büro sehe ich zu Simone, die nachdenklich vor ihrem Bildschirm am Schreibtisch sitzt und ins Leere starrt. Hansi hingegen wirkt gelangweilt und nippt an seiner Kaffeetasse.

„Wissen wir schon, wo er gearbeitet hat?“, frage ich die beiden.

Simone tippt auf ihrer Tastatur und richtet ihre Aufmerksamkeit auf den Bildschirm.

„Ja, er arbeitete in einem Fitnessstudio“, liest Simone vor.

„Das erklärt vermutlich seine muskulöse Statur“, entgegne ich, denn das Opfer war körperlich verdammt gut gebaut.

Er arbeitet vermutlich nicht nur im Fitnessstudio, sondern trainiert dort auch ausgiebig. Dennoch hatte er gegen seinen Mörder offenbar keine Chance. Als erstes müssen wir den Täter im engeren Umkreis suchen, denn die meisten Mörder sind aus dem Familien- oder Bekanntenkreis.

Da der Vater ausgesagt hat, dass sein Sohn mit niemandem aus der Familie Streit hatte, gehen wir vorerst davon aus, dass wir im Bekanntenkreis suchen müssen. Unsere erste Anlaufstelle ist das Fitnessstudio und glücklicherweise haben diese meist auch am Wochenende geöffnet.

„Können wir da gleich mal vorbeifahren und mit den Betreibern reden?“, frage ich Simone.

„Ich checke mal die Öffnungszeiten“, entgegnet sie und haut in die Tasten.

„Sie öffnen um halb drei“, liest sie vor.

Ich werfe einen Blick auf meine Armbanduhr.

„Da ist nicht mehr lange hin.“

„Dann lasst uns gleich mal hinfahren. Sicherlich sind die Angestellten schon kurz vor den Öffnungszeiten vor Ort“, schlägt Simone vor.

Wir kommen ihrer Aufforderung nach und machen uns abfahrbereit. Mit etwas Glück können wir mit den Angestellten reden, noch bevor die ersten Kunden ins Fitnessstudio kommen. Kurz darauf sitzen wir im Auto und befinden uns auf dem Weg dorthin. Als wir dort ankommen, ist es ein paar Minuten vor halb drei. Leider ist das Studio noch geschlossen und von den Angestellten ist nichts zu sehen. Wir sehen hinter dem Gebäude nach, ob sich dort ein Hintereingang befindet. Doch wie es aussieht gibt es nur den Haupteingang. Somit müssen die Angestellten dort aufsperren, bevor sie das Fitnessstudio betreten können. Daher warten wir vor dem Haupteingang, bis endlich jemand auftaucht.

5. Kapitel

16. März, nachmittags halb drei in Straubing

Als sich ein gutgebauter junger Mann dem Eingang nähert, folgen wir ihm. Wie es scheint sind die Angestellten in diesem Studio überpünktlich, oder man könnte auch sagen, sie beginnen ihre Arbeit keine Sekunde zu früh. Das ist wohl die Jugend von heute.

Der junge Mann versucht die Tür des Fitnessstudios zu öffnen, doch sie bleibt auch ihm verschlossen. Offensichtlich haben wir es hier nicht mit einem Angestellten, der einen Schlüssel hat, zu tun, sondern mit einem Kunden.

„Das darf doch nicht wahr sein“, wettert der Kunde, als er die Tür nicht öffnen kann. „Warum können die nicht einmal pünktlich aufsperren?“

„Ich komme schon!“, ruft eine junge Frau schon von weitem, während sie auf uns zugelaufen kommt.

Das muss dann wohl die Angestellte sein, die zu spät zur Arbeit kommt. Der Kunde sieht sie vorwurfsvoll an.

„Es tut mir leid, ich stand im Stau“, sagt sie entschuldigend, als sie den Schlüssel ins Schloss steckt.

Vermutlich ist es nur eine Ausrede von ihr. Wie es aussieht zweifelt auch der Kunde an ihrer Aussage, denn er rollt mit den Augen, bevor er kaum merklich den Kopf schüttelt.

„Schon wieder“, murmelt er.

Offensichtlich ist es nicht das erste Mal, dass die Angestellte das Studio zu spät aufsperrt. Oder ist es vielleicht sogar die Inhaberin?

Sie hält die Tür für den ersten Kunden auf und dieser passiert mit schnellem Schritt den Eingang. Er würdigt sie keines Blickes. Offensichtlich ist er ganz schön genervt von ihrer Verspätung.

„Sind Sie hier die Inhaberin?“, fragt Simone die junge Frau, bevor sie in das Fitnessstudio geht.

Sie schüttelt den Kopf.

„Ich bin hier nur angestellt“, erwidert sie.

„Kennen Sie Herrn Tobias Neumann?“, frage ich sie.

„Und ob ich den kenne“, erwidert sie aufgebracht. „Er ist nicht erreichbar und taucht auch nicht bei der Arbeit auf. Wissen Sie denn wo er ist?“

„Darüber würden wir gerne mit Ihnen reden“, antworte ich ihr.

„Okay“, entgegnet sie stirnrunzelnd. „Kommen Sie mit rein, ich müsste nebenbei ein bisschen arbeiten.“

Sie lächelt schief, bevor sie ins Innere des Gebäudes geht. Am Empfangstresen steht der junge Mann und wartet auf die Angestellte. Er tippt mit seinen Fingerspitzen ungeduldig auf die Tresenplatte und stößt ungeduldig den Atem aus.

„Ich gebe ihm nur schnell den Spindschlüssel“, erklärt sie uns und wendet sich ab.

Als der Kunde versorgt ist, wendet sie sich wieder an uns.

Simone zückt ihren Dienstausweis und stellt uns vor.

„Polizei?“, fragt sie irritiert. „Was hat denn Tobias mit der Polizei zu tun?“

„Herr Neumann wird nicht mehr zur Arbeit kommen“, erklärt ihr Hansi unverblümt. „Er wurde leider tot aufgefunden.“

Sie legt die Hand über ihre Lippen und schüttelt geschockt den Kopf.

„Um Himmels Willen, was ist denn passiert?“, haucht sie mit brüchiger Stimme.

„Er wurde getötet“, antworte ich ihr.

„Getötet?“, hakt sie nach. „Von wem denn?“

„Das wissen wir leider noch nicht, aber wir werden es herausfinden“, erwidere ich.

„Vielleicht können Sie uns ja dabei behilflich sein“, sagt Simone.

„Ich?“, ruft die Frau überrascht. „Wie kann ich Ihnen denn da helfen?“

„Da Sie eine Kollegin von ihm waren, wissen Sie vielleicht, ob Herr Neumann mit jemandem Streit hatte.“

Bei Simones Aussage, sieht sie uns irritiert an. Dabei runzelt sie die Stirn und wirkt noch immer überaus schockiert. Es dauert einen Moment bis sie sich besinnt und die rechte Schulter zuckt.

„Er ist eigentlich immer gut mit allen ausgekommen. Es gab nur ein einziges Mal Streit mit einem Kunden, aber das ist schon eine ganze Weile her“, antwortet sie schließlich.

„Können Sie uns den Namen des Kunden sagen?“, hake ich nach, während sich Simone in ihrem Handy Notizen macht.

„Da muss ich kurz nachsehen“, sagt sie und tippt auf ihrer Tastatur.

Sie hebt ihren Kopf und ist im Begriff uns den Namen zu sagen, als sie innehält.

„Darf ich Ihnen das überhaupt sagen. Das fällt doch unter den Datenschutz“, zögert sie nachdenklich.

„Für die Polizei dürfen Sie da schon eine Ausnahme machen“, sagt Hansi und zwinkert ihr zu.

„Wir werden die Informationen nur für unsere Ermittlungen nutzen“, verspricht ihr Simone.

Misstrauisch sieht sie uns an, besinnt sich jedoch dann doch darauf, dass sie der Polizei einen kleinen Vertrauensvorschuss gewähren kann.

„Sein Name ist Kilian Stein“, sagt sie schließlich.

„Wohnhaft?“, hakt Hansi knapp nach.

„Hier in Straubing“, antwortet sie nach einem kurzen Blick auf ihren Bildschirm.

„Worüber hat Herr Neumann mit Herrn Stein gestritten?“, fragt Hansi.

„Herr Stein unterstellte Tobias, dass er ein Auge auf seine Freundin geworfen hat, die auch regelmäßig bei uns trainiert“, antwortet die junge Frau.

„War an den Vorwürfen denn etwas dran?“, hakt Simone nach.

Die junge Frau schüttelt entschlossen den Kopf.

„Ich denke, Tobias hatte keinerlei Interesse an unseren Kundinnen“, sagt sie. „Aber ausschließen kann ich es natürlich auch nicht.“

Während wir mit der jungen Frau reden, wischt sie sich immer wieder die Tränen von den Wangen. Offensichtlich geht ihr der Tod ihres Kollegen ziemlich nahe. Vermutlich hatten Sie ein gutes Verhältnis. Womöglich war da ja sogar mehr?

„Wie war denn Ihre Beziehung zu Herrn Neumann?“, frage ich sie daher.

„Wir waren Kollegen“, antwortet sie schulterzuckend. „Und haben uns sehr gut verstanden.“

„Hatten Sie denn eine Liebesbeziehung mit Ihrem Kollegen?“, hakt Hansi ganz unverblümt nach.

Kurz presst sie ihre Lippen aufeinander und für einen Moment denke ich, dass Hansi mit seiner Frage den Nagel auf den Kopf getroffen hat. Doch dann schüttelt sie den Kopf.

„Nein, wir waren nur befreundet“, sagt sie nach kurzem Zögern.

„Hat Herr Neumann Ihnen vielleicht mal davon erzählt, dass er mit jemandem Streit hatte?“

Bei meiner Frage runzelt sie nachdenklich die Stirn, bevor sie erneut den Kopf schüttelt.

„Er hat nie etwas erzählt und Tobias gehörte auch nicht zu der streitlustigen Sorte Mensch“, antwortet sie.

„Dann ging auch der Streit mit Herrn Stein nicht von Ihrem Kollegen aus?“

Bei Simones Frage schüttelt sie heftig den Kopf.

„Nein, er wurde von Herrn Stein verbal regelrecht angegriffen und versuchte nur ihm seine Wahnvorstellungen auszureden“, erklärt die junge Frau.

„Wurden die beiden auch handgreiflich?“

Erneut schüttelt die Frau den Kopf.

„Nein, Tobias wäre nie körperlich geworden, wenn er es irgendwie verhindern konnte. Das ist ihm auch gelungen. Er konnte Herrn Stein soweit beruhigen, dass dieser unser Studio verlassen hat“, erwidert sie.

Nachdem wir alle unsere Fragen gestellt haben und Simone alles notiert hat, verabschieden wir uns von der jungen Frau.

6. Kapitel

17. März, morgens halb acht in Niederhaibach

Bevor ich ins Revier fahre, lege ich einen Stopp bei der Bäckerei ein. Für mich und meine Kollegen kaufe ich einen Nusskuchen, denn ich habe einen Mordshunger. Rosi versucht derzeit wieder besondere Rezepte, die natürlich sehr gesund sind. Schon morgens kocht sie irgendwelche breiartigen Gerichte. Alleine deren Konsistenz ist überaus gewöhnungsbedürftig, vom Geschmack mal ganz abgesehen.

„Guten Morgen Karl, du bist ja heute schon früh dran. Und das an einem Sonntag“, begrüßt mich Gertraud von der Bäckerei.

Glücklicherweise hat unsere Dorfbäckerei seit geraumer Zeit auch Sonntagvormittag geöffnet. Allerdings befinden sie sich nur in einer Testphase, um zu sehen, wie viel Kundschaft am Sonntag überhaupt kommt.

„Was soll ich sagen“, seufze ich theatralisch. „Ich muss zur Arbeit.“

„Dafür, dass du in Pension bist, treibst du dich aber ganz schön oft im Revier rum“, sagt sie amüsiert.

„Du kennst mich ja. Ich kann einfach nicht nein sagen, wenn man meine Hilfe braucht“, entgegne ich.

Sie schmunzelt.

„Falls du nächsten Sonntag auch wieder Kuchen mit zur Arbeit nehmen möchtest, musst du ihn schon am Samstag kaufen“, informiert sie mich. „Es ist der letzte Sonntag, an dem wir geöffnet haben.“

„Ach, ist eure Testphase schon vorbei?“, hake ich nach.

„Ja zum Glück“, entgegnet sie. „Und ich hoffe, das bleibt auch so, dass Sonntag die Bäckerei zu ist.“

Offensichtlich war sie nicht sonderlich begeistert davon ihre Sonntage hier in der Bäckerei zu verbringen.

Ich verabschiede mich von Gertraud und mache mich auf den Weg zur Arbeit.

Als ich das Büro betrete, herrscht darin gähnende Leere. Weder von Hansi, noch von Simone ist irgendwas zu sehen. Lediglich ihre Jacken, die sie über ihre Bürostühle gehängt haben, deuten darauf hin, dass sie schon im Revier sein müssen.

Ich stelle den Nusskuchen auf meinen Schreibtisch und gehe in unsere Küche, um Teller zu besorgen. Auch dort treffe ich keinen der beiden an. Zurück in unserem Büro sitzen beide auf ihren Plätzen, als wären sie schon seit Stunden dort festgenagelt.

„Guten Morgen“, begrüßen sie mich unisono.

„Wo wart ihr denn?“, hake ich nach.

„Wann?“, fragt Hansi und runzelt irritiert seine Stirn.

„Na gerade eben.“

„Ich war nur kurz bei den Kollegen und habe nachgefragt, ob sie auf dem Handy des Opfers etwas Hilfreiches gefunden haben“, erwidert Simone.

Ich sehe fragend zu Hansi.

„Ich war am Klo“, antwortet er trocken.

Er reckt seinen Kopf und schielt auf den Nusskuchen auf meinem Schreibtisch. Offenbar war sein Frühstück auch nicht gerade üppig. Oder er hat einfach schon wieder Hunger. Bei Hansi kann man das nicht so genau sagen.

„Möchtest du ein Stück?“, frage ich ihn.

„Ich dachte schon du fragst nie“, erwidert er erleichtert und steht von seinem Stuhl auf.

Er kommt auf mich zu und ergreift das Messer, welches ich aus der Küche mitgebracht habe.

„Ich darf doch?“, fragt er, als er die Klinge am Kuchen ansetzt.

„Tu dir keinen Zwang an“, erteile ich ihm mit einer einladenden Handbewegung die Erlaubnis.

Er schneidet ein großes Stück von dem Kuchen ab und legt ihn auf seinen Teller. Simone tippt auf ihrer Tastatur und ist schon wieder fleißig. Da sie nicht so fordernd und forsch ist, wie unser Kollege, schneide ich ihr ein Stück ab und überreiche ihr den Teller damit.

„Möchtest du auch Kuchen?“, biete ich ihr an.

„Du verführst mich schon wieder. Wegen dir werde ich noch fett“, erwidert sie, nimmt aber den Teller lächelnd entgegen.

„Du und fett? Dass ich nicht lache!“

Simone ist alles andere als fett. Kein Wunder, sie ist wie ein Flummi und kann kaum stillsitzen. Vermutlich verbrennt sie alleine bis zum Frühstück mehr Kalorien, als ich den ganzen Tag über. Das kleine Kuchenstückchen hat sie bis zum Mittagessen schon wieder verbrannt.

„Die Weihnachtszeit hat mir dahingehend nicht gutgetan. Meine Hosen von vor der Adventszeit sitzen so knalleng, dass ich schon fast einen Knopf öffnen muss“, seufzt sie.

„Dir schaden ein paar Pfund mehr sicher nicht“, brummt nun auch Hansi und stimmt mir somit zu.

Er beißt ein weiteres Stück von seinem Kuchen ab und mampft genüsslich dahin. Mein Kollege hat sich über sein Gewicht ganz sicher noch nie Gedanken gemacht. Das liegt vermutlich in der Natur der Männer, dass sie sich weniger Gedanken über ihre Figur machen. Frauen sind da deutlich anfälliger, um für ihre Traumfigur zu hungern und sich zu quälen.

Ich kann das ja gar nicht verstehen, denn so ein Hungerhaken ist doch wirklich nicht schön. Was manche Männer daran finden mit einem Knochengerüst das Bett zu teilen, bleibt mir ein Rätsel.

„Hauptsache du fühlst dich wohl in deiner Haut.“

Bei meiner Aussage sieht sie mich stirnrunzelnd an.

„Also findest du doch, dass ich zu dick bin?“, fragt sie vorwurfsvoll.

„Natürlich nicht“, widerspreche ich vehement.

Ich verstehe die Frauen wirklich nicht. So eine einfache Aussage bringt Simone gleich zum Nachdenken, ob darin etwa doch eine verborgene Botschaft hinsichtlich ihres Gewichtes steckt. Dabei finde ich tatsächlich, dass es völlig egal ist, wie jemand aussieht, Hauptsache derjenige fühlt sich wohl. Doch sie legt mir diesen Satz gleich wieder so aus, als hätte ich ihr unterschwellig zu verstehen gegeben, dass sie zu viel Gewicht hat.

„Du drehst mir die Worte ja wirklich im Mund um“, antworte ich ihr.

„War nur Spaß“, erlöst sie mich endlich und schmunzelt.

„Wenn du mich noch einmal so hinters Licht führst, bekommst du keinen Kuchen mehr von mir“, sage ich drohend.

Natürlich meine ich das lediglich als Spaß. Aber was sie kann, das kann ich schließlich auch. Allerdings gelingt es mir nicht lange, meine Fassade aufrecht zu erhalten. Ich presse meine Lippen fest aufeinander, um das Lachen zu verhindern. Er gelingt mir nur mäßig, daher schiebe ich mir ein Stück Kuchen in den Mund, während ich verstohlen grinse.

„Das riskiere ich natürlich nicht“, sagt sie gutgelaunt und beißt ebenfalls in ihr Kuchenstück.

„Was ist nun mit dem Handy?“, hake ich nach.

„Die Kollegen arbeiten noch daran, alle E-Mails und Nachrichten zu durchforsten. Sie melden sich, sobald sie damit fertig sind“, antwortet Simone.

„Hast du ihnen gesagt, dass sie sich beeilen sollen?“, hakt Hansi nach.

Simone wirft ihm einen vorwurfsvollen Blick zu.

„Haben wir uns nicht darauf geeinigt, dass es nicht gut bei den Kollegen ankommt, wenn man sie unter Druck setzt?“, fragt sie vorwurfsvoll.

„Ja, ja schon gut“, lenkt er ein.

7. Kapitel

17. März, vormittags halb zehn in Straubing

Mittlerweile haben wir alle relevanten Nachrichten, die auf dem Handy des Opfers gefunden wurden, auf dem Tisch. Die Kollegen haben schon gute Vorarbeit geleistet und nur alle wichtigen Nachrichten aufgelistet. Diese Liste müssen wir nun abarbeiten.

„Unser Opfer wurde doch in den frühen Morgenstunden getötet“, sagt Simone. „Er hat um kurz vor drei Uhr noch knapp vier Minuten telefoniert.“

„Wissen wir mit wem?“, hake ich nach.

„Nein, aber das bekomme ich anhand der Nummer leicht raus“, erwidert Simone.

Sie tippt wieder auf ihrer Tastatur, während ich mir die Liste weiter ansehe. In der Mordnacht gab es nur diesen einen Anruf. Ansonsten hat unser Opfer Nachrichten weder versendet noch erhalten. Auch beim E-Mail-Verkehr der letzten Tage ist nichts Auffälliges dabei. Neben ein paar wenigen geschäftlichen Nachrichten, sind es vorwiegend private E-Mails, die er bekommen und geschrieben hat.

„Er hat mit einer Frau Helena Winterfeld telefoniert“, informiert uns Simone.

„Den Namen haben wir doch schon einmal gehört“, murmle ich nachdenklich.

„Das ist die Freundin von dem Herrn Stein, mit dem unser Opfer im Fitnessstudio gestritten hat“, antwortet sie.

Jetzt fällt es mir auch wieder ein. Die Angestellte im Fitnessstudio hat den Namen genannt.

„Dann waren die Anschuldigungen von Herrn Stein gegen unser Opfer offenbar nicht unbegründet“, wirft Hansi ein.

„Du denkst, unser Opfer hatte ein Verhältnis mit der Freundin von Herrn Stein?“, hake ich nach.

„Na ja, laut Anrufliste hatten die beiden häufiger Kontakt“, antwortet Simone.

„Dann müssen wir mit der Frau sprechen“, schlage ich vor.

„Das machen wir am besten gleich jetzt“, wirft Hansi ein.

„Ich habe die Adresse“, ruft Simone und wedelt mit einem kleinen Zettel durch die Luft. „Ist übrigens die gleiche, wie bei Herrn Stein.“

„Das trifft sich ja gut, dann können wir gleich mit beiden sprechen“, sagt Hansi gutgelaunt.

„Vielleicht sollten wir sie getrennt voneinander befragen“, schlage ich vor.

Hansi runzelt die Stirn.

„Vermutlich wird Frau Winterfeld die Affäre mit unserem Opfer nicht zugeben, wenn ihr Freund dabei ist“, erkläre ich ihm das Offensichtliche.

„Auch wieder wahr“, murmelt er.

„Was haltet ihr davon, wenn wir noch eine Kollegin mitnehmen und uns dann für die Befragung aufteilen?“, schlägt Simone vor.

„So machen wir es“, stimmen Hansi und ich unisono zu.

Kurz darauf sitzen wir mit einer jungen Kollegin im Auto und fahren zu der Adresse von Herrn Stein und Frau Winterfeld. Wir melden uns nicht an, denn mit etwas Glück treffen wir sie zu Hause an. Immerhin haben wir Sonntag, da stehen die Chancen gut.

Kurz darauf sind wir auch schon bei der Adresse angekommen. Die Wohnung des jungen Paares befindet sich in einem Mehrfamilienhaus. Neben der Haustür befinden sich sechs Klingelschilder und auf einem davon stehen die beiden Nachnamen Winterfeld und Stein. Ich drücke auf den Knopf neben dem Schild. Es dauert eine Weile, bis wir eine junge Frauenstimme über die Gegensprechanlage hören.

„Ja, bitte“, sagt sie und hört sich dabei noch etwas verschlafen an.

„Guten Morgen, wir sind von der Polizei Straubing und müssten mit Frau Winterfeld und Herrn Stein sprechen“, stelle ich uns vor.

Für einen kurzen Moment ist es still. Wie es aussieht ist die junge Frau mit dieser Information etwas überfordert. Doch nach kurzer Zeit hören wir ein Knacken und anschließend erneut die Stimme der jungen Frau.

„Polizei?“, fragt sie. „Worum geht es denn?“

„Das würden wir gerne direkt mit Ihnen besprechen“, antwortet Simone. „Dürfen wir reinkommen?“

„Ja, klar“, hören wir sie mit zögerlicher Stimme sagen.

Kurz darauf ertönt der Türsummer und ich kann die Tür aufdrücken.

„Sie müssen in den zweiten Stock“, informiert uns die junge Frau.

Warum müssen die Zeugen und Verdächtigen immer in so hohen Mehrfamilienhäusern leben und dann auch noch in den oberen Stockwerken?

Was ist eigentlich mit den guten alten Einfamilienhäusern geworden?

Und warum zieht niemand mehr ins Erdgeschoss?

Jetzt kann ich wieder bis in den zweiten Stock hochlaufen. Auch was sage ich laufen?

Das wird vermutlich nicht mehr als ein gequältes Hochkriechen. Zumindest die letzten Stufen werden die reinste Qual. Nicht nur, dass mir die Ausdauer fehlt, auch meine Knie machen beim Treppensteigen eher schlapp.

Dennoch gehe ich voraus, denn wenn ich das Schlusslicht bilde, dann sind meine Kollegen schon mit der Befragung fertig, bis ich oben ankomme. Da bremse ich sie lieber von vorneherein etwas aus. Natürlich versuche ich mir nichts anmerken zu lassen und auch auf den letzten Stufen gelingt es mir weitestgehend mein Schnauben zu unterdrücken.

Allerdings wird es anfangs wohl besser sein, meinen Kollegen das Wort zu überlassen, bis ich wieder einigermaßen zu Atem komme.

Als wir endlich oben ankommen, steht ein junger Mann in der Tür, der definitiv aussieht, als würde er regelmäßig im Fitnessstudio seine Muskeln trainieren. Ich muss zugeben, dass ich selbst in meinen jungen Jahren nicht einmal annähernd solche Muskelpakete an den Armen hatte, wie dieser Mann vor uns.

Er legt seine Stirn in Falten und sieht uns misstrauisch an.

„Gleich vier Leute von der Polizei“, brummt er. „Was haben wir denn angestellt?“

„Keine Ahnung, haben Sie denn etwas angestellt?“, fragt Simone herausfordernd.

„Nicht, dass ich wüsste“, entgegnet er ohne zu zögern.

Für einen Moment herrscht Stille und ich befürchte kurz, dass er uns nicht einfach so passieren lässt, sondern unseren Besuch abwehrt. Doch dann besinnt er sich und macht den Weg frei.

„Kommen sie rein!“, fordert er uns auf und geht voraus in die Wohnung.

Diese ist überaus geräumig und ich frage mich, woher die jungen Leute heutzutage das Geld nehmen, um sich solch moderne und luxuriöse Wohnungen leisten zu können. Zu unserer Zeit hat man den Großteil gespart, um sich irgendwann ein kleines Häuschen leisten zu können.

Doch heute leben die Leute nur noch in der Gegenwart. Sie genießen diese in vollen Zügen und denken nicht daran, sich zu überarbeiten, nur um Geld auf die Seite zu sparen. Vielleicht haben sie ja recht und das was wir gemacht haben ist einfach nur überholt. Meine Rosi und ich hätten uns in diesem Alter jedenfalls keine solche Bude geleistet, selbst wenn wir das gekonnt hätten.

Wir haben alles in unser Eigenheim gesteckt und dann über viele Jahre den Kredit abgezahlt.

Vermutlich eine sehr überholte Lebensweise. Ich für meinen Teil finde ja, das soll jeder so machen wie er es für richtig hält. Das Einzige, worauf die jungen Leute meiner Meinung nach wirklich mehr achten sollten, ist die Altersvorsorge. Denn leider ist man schneller alt, als man denkt. Ich spreche da aus Erfahrung!

8. Kapitel

17. März, vormittags halb elf in Straubing

„Möchten Sie etwas trinken?“, fragt uns Frau Winterfeld, nachdem die Begrüßung abgeschlossen ist.

„Nein danke“, antwortet Simone an unser aller Stelle.

„Wäre es für Sie in Ordnung, wenn wir Sie parallel befragen würden und nicht nacheinander? Das würde einiges an Zeit sparen.“

Bei Simones Frage tauschen die beiden einen fragenden Blick, bevor sie schulterzuckend zustimmen. Dafür ist die große Wohnung nun perfekt, denn da haben wir wenigstens kein Problem, die beiden für die Befragung zu trennen.

Glücklicherweise stimmen sie zu, und fragen nicht nach, ob sie nicht miteinander befragt werden könnten. Wir teilen uns auf. Während ich mit Hansi Herrn Stein befragen werden, gehen Simone, die Kollegin und Frau Winterfeld ins Wohnzimmer nebenan.

Herr Stein bietet uns einen Platz an seinem Esstisch an. Als wir seinem Angebot nachkommen, setzt er sich gegenüber von uns auf einen Stuhl. Er verschränkt die Arme vor der Brust und mustert uns aus zusammengekniffenen Augen.

„Warum sind Sie hier?“, fragt er mit vorwurfsvollem Unterton in der Stimme.

„Kennen Sie Herrn Tobias Neumann?“, erwidere ich.

Er verdreht genervt seine Augen.

„Natürlich kenne ich ihn. Er arbeitet im Fitnessstudio und hatte während seiner Arbeitszeit nichts Besseres zu tun, als meine Freundin anzubaggern“, knurrt er finster.

„Dann war Ihre Freundin Ihnen untreu?“, fragt Hansi ihn direkt.

Herr Stein stiert ihn daraufhin mit zusammengekniffenen Augen an.

„Das habe ich nicht gesagt. Meine Freundin liebt nur mich“, brummt er.

Entweder der Mann lügt uns gerade an, oder er weiß tatsächlich nicht, ob seine Freundin mit unserem Opfer ein Verhältnis hatte. Vielleicht hatten die beiden ja wirklich nichts, und haben lediglich regelmäßig telefoniert. Allerdings ist das schon eher ungewöhnlich. Noch dazu, da Herr Stein keine Freundschaft zwischen den beiden erwähnte, sondern ihn beschuldigt hat.

„Warum hatten Sie denn dann mit Herrn Neumann einen Streit?“, hake ich nach.

„Weil er meine Freundin ständig angebaggert hat, das habe ich doch schon gesagt“, antwortet er schnippisch.

„Wann haben Sie Herrn Neumann zuletzt gesehen?“

Bei meiner Frage runzelt Herr Stein die Stirn.

„Das war vor ein paar Tagen im Fitnessstudio“, antwortet er.

„Wann genau?“

Er stößt genervt den Atem aus.

„Vor vier oder fünf Tagen“, sagt er schließlich schulterzuckend. „Warum fragen Sie mich das alles?“

„Wo waren Sie in der Nacht vom fünfzehnten auf den sechzehnten März?“, erwidere ich und ignoriere seine Frage.

„Was sollen all diese Fragen?“, ruft er aufgebracht.

„Herr Neumann wurde getötet“, eröffnet ihm Hansi ohne Umschweife.

Herr Stein weicht etwas zurück und die Information scheint ihn zu überraschen. Womöglich spielt er seine Überraschung auch nur vor, weil er der Täter ist.

„Und Sie verdächtigen mich?“, fragt er ungläubig.

„Wir ermitteln lediglich“, antworte ich ihm. „Aber Sie müssen schon mit uns kooperieren, wenn wir Sie entlasten sollen.“

„Ich habe geschlafen, was man nachts meistens tut“, antwortet er schließlich zögerlich.

„Das kann doch Ihre Freundin sicher bezeugen?“, fragt Hansi.

Herr Stein stößt genervt den Atem aus.

„Kann sie nicht, weil sie bei einer Freundin übernachtet hat“, gesteht er schließlich.

„Also haben Sie kein Alibi“, stelle ich fest und lasse ihn dabei nicht aus den Augen.

„Ich war es nicht“, brummt er und nun sieht man ihm die Anspannung deutlich an.

So wie es aussieht wird ihm bewusst, dass es für ihn Probleme geben könnte. Ich bin nicht sicher, wie ich ihn einschätzen soll. Einerseits hat er ein Motiv, doch andererseits hätte er sich bestimmt irgendwie ein Alibi organisiert, wenn er wirklich der Mörder wäre. Natürlich könnte er unser Opfer auch im Affekt ermordet haben, das würde das fehlende Alibi erklären.

Wie auch immer, im Moment steht er auf meiner Liste der Verdächtigen jedenfalls ganz oben. Als wir mit unserer Befragung fertig sind, kommt auch Simone mit der Kollegin im Schlepptau aus dem Wohnzimmer. Offensichtlich sind auch sie mit ihrer Befragung fertig und ich bin wirklich schon gespannt, was Frau Winterfeld zu sagen hatte.

Als wir im Auto sitzen, tauschen wir die Informationen aus. Nachdem ich die Kolleginnen über die Aussage von Herrn Stein in Kenntnis gesetzt habe, beginnt Simone uns über die Befragung von Frau Winterfeld zu informieren.

Sie hat die Aussage ihres Freundes, hinsichtlich der Nacht die sie mit ihren Freundinnen verbracht hat, bestätigt. Mit dem Unterschied, dass sie ihrem Freund nicht ganz die Wahrheit gesagt hat. Sie hat die Nacht nämlich nicht nur mit ihren Freundinnen, sondern auch mit Herrn Neumann verbracht. Allerdings hat sie behauptet, sie wären in den frühen Morgenstunden getrennt nach Hause gegangen und hätten dann nur nochmal kurz telefoniert, wobei Frau Winterfeld tatsächlich bei einer Freundin übernachtet hat. Sie war definitiv die Letzte, die unser Opfer lebend gesehen hat.

„Also hat Herr Stein richtig gelegen und die Anschuldigungen gegen unser Opfer waren nicht falsch“, fasse ich zusammen.

„Sie hat zugegeben, dass sie sich gelegentlich mit Herrn Neumann getroffen hat. Herr Stein soll davon allerdings nichts gewusst haben. Er hatte keine Beweise für ihre Affäre, sondern lediglich eine Vermutung“, erklärt Simone.

„Vielleicht wurde ja aus der Vermutung eine Gewissheit“, wirft die junge Kollegin ein, die uns heute begleitet.

„Du meinst, er hat womöglich seine Freundin beschattet und seine Vermutung wurde bestätigt“, erwidert Hansi.

„Vielleicht war das ja sogar in dieser Nacht“, murmle ich nachdenklich.

„Er könnte tatsächlich seiner Freundin gefolgt sein und als er die beiden zusammen sah, hat er Herrn Neumann bis nach Hause verfolgt und ihn da erstochen“, sagt Simone.

Das wäre natürlich eine Möglichkeit und die Zusammenhänge würden perfekt zum Mord passen.

„Dann müssen wir das jetzt nur noch beweisen“, werfe ich ein.

Wir fahren zurück ins Revier und bedanken uns bei der Kollegin, für ihre Hilfe. Anschließend gehen wir in unser Büro und setzen uns an unsere Schreibtische.

„Wir haben absolut nichts gegen Herrn Stein in der Hand und nur weil er ein Motiv hat, können wir ihn nicht verhaften“, seufzt Simone.

„Darum werden wir Beweise für oder gegen ihn finden. Mir ist beides recht, Hauptsache wir erfahren die Wahrheit“, entgegne ich.

„Morgen sollten wir alle Ergebnisse der Kollegen aus der Spurensicherung erhalten. Vielleicht haben sie ja Spuren in der Umgebung gefunden, die uns behilflich sein können“, sagt Simone hoffnungsvoll.

9. Kapitel

18. März, vormittags halb zehn in Straubing

„In der Nähe des Tatorts wurde eine Zigarettenkippe gefunden“, liest Simone aus dem Bericht der Spusi vor, den wir vor ein paar Minuten erhalten haben. „Die DNA darauf befindet sich überraschenderweise in unserer Datenbank. Er wurde mal in einem Raubüberfall verdächtig, allerdings hat sich dann wohl herausgestellt, dass er unschuldig war.“

Simone sieht uns mit einem geheimnisvollen Funkeln in den Augen an.

„Jetzt sag schon!“, fordert Hansi sie ungeduldig auf.

„Die Kippe gehörte Herrn Stein“, eröffnet sie uns schließlich nach einigem Zögern.

Mein Kinn klappt auf und ich sehe sie sprachlos an. Auch Hansi scheint vorübergehend verstummt zu sein, denn in unserem Büro ist es so still, dass man eine Nadel fallen hören könnte.

„Das sollte doch für eine Festnahme reichen“, sagt Hansi schließlich nach einer Weile.

„Wir lassen ihn herbringen und nehmen ihn ins Kreuzverhör. Mal sehen, ob wir etwas aus ihm rausbekommen“, stimmt Simone ihm zu und greift zum Hörer.

Ich wäre ja wirklich gerne dabei, wenn die Kollegen Herrn Stein abführen und im Streifenwagen abtransportieren. Allerdings war eine Streife von uns sowieso gerade in der Nähe der Adresse und die hat Simone gleich mal vorbeigeschickt.

Wenn sie den Mann zu Hause angetroffen haben, dann sollte es nicht sehr lange dauern, bis sie mit ihm hier auftauchen. Bis dahin hole ich mir noch eine Tasse Kaffee und bereite mich auf das Verhör vor. Mal sehen, wie er die Zigarettenkippe erklären wird.

Als ich von der Kaffeeküche zurück ins Büro komme, legt Simone gerade den Telefonhörer auf.

„Die Kollegen haben Herrn Stein nicht zu Hause angetroffen. Sie fahren jetzt zu seiner Arbeitsstelle, vielleicht können sie ihn ja dort einsammeln“, informiert Simone uns.

„Hoffentlich ist der Kerl nicht abgehauen“, brummt Hansi.

„Das hoffe ich auch“, stimme ich ihm zu.

Natürlich wäre es möglich, dass wir ihn mit unserem Besuch aufgescheucht haben und er sich jetzt vom Acker macht. Allerdings wird er nicht gleich das Land verlassen, vor allem, wenn er weiß, dass wir noch gar keine handfesten Beweise gegen ihn haben. Immerhin hätten wir ihn gestern gleich mitgenommen, wenn wir ihm etwas hätten beweisen können. Das wird auch er wissen. Vielleicht hat er ja bereits vergessen, dass er vor dem Haus von Herrn Neumann eine Zigarettenkippe weggeworfen hat, dann kann er davon ausgehen, dass wir nichts gegen ihn in der Hand haben. Somit wäre eine Flucht unnötig.

Mit etwas Glück ist er einfach nur in der Arbeit und die Kollegen treffen ihn dort an. Nicht mehr lange und wir werden es wissen.

Tatsächlich klingelt ein paar Minuten später erneut das Telefon. Simone nimmt den Hörer ab. Aus dem Gespräch heraus kann ich hören, dass sie Herrn Stein glücklicherweise in der Arbeit angetroffen haben und ihn festnehmen konnten. Sie sind auf den Weg hierher. Allerdings hat er bereits verlauten lassen, dass er ohne seinen Anwalt keine Aussage machen wird.

Das bedeutet dann, dass wir auch noch mit dem Verhör warten müssen, bis der Anwalt hier auftaucht und diese Berufsgruppe lässt sich für gewöhnlich ganz schön Zeit, bis sie gesprächsbereit sind.

„Das kann ja dann noch eine Weile dauern“, seufze ich und lehne mich in meinem Stuhl zurück.

„War ja klar, dass der ohne Anwalt nichts sagt“, brummt Hansi.

„Aber das ist dann doch schon ein deutliches Zeichen, dass er etwas auf dem Kerbholz hat“, wirft Hansi ein.

Am allerschlimmsten ist diese ewige Warterei. Natürlich ist die Chance, dass der Kerl ein Geständnis ablegt wesentlich geringer, wenn er einen Anwalt an seiner Seite hat. Noch dazu, weil unsere Beweise überaus dürftig ausfallen. Eigentlich kann man nur von einem Hinweis reden, denn mehr als diese Kippe mit der DNA von Herrn Stein haben wir nicht. Und es ist auch nicht seine DNA, die wir unter den Fingernägeln des Opfers gefunden haben.

Natürlich kann er behaupten, dass er dort einfach zufällig vorbeigelaufen ist, und diese Kippe überhaupt nichts mit dem Mord an Herrn Neumann zu tun hat. Vermutlich wird sein Anwalt ihm auch dazu raten, wenn er nicht völlig unfähig ist. Irgendeine Ausrede wird der Anwalt sich schon einfallen lassen.

Aber zumindest können wir ihn damit in Bedrängnis bringen und mit etwas Glück verwickelt er sich in einem solchen Lügengeflecht, dass ihm etwas Falsches rausrutscht. Diese Chance wäre natürlich wesentlich höher gewesen, wenn er sich nicht einen Anwalt dazugeholt hätte.

„Die beiden sind jetzt soweit“, informiert uns ein Kollege, als er seinen Kopf zur Tür reinsteckt.

„Das wird auch Zeit“, brumme ich, denn immerhin warten wir schon eine ganze Weile.

„Na dann, fühlen wir dem Kerl mal auf den Zahn“, sagt Hansi und springt voller Tatendrang auf.

Offensichtlich ist er guter Hoffnung, dass eine Kippe und ein Motiv ausreichen, um den

Verdächtigen zu einem Geständnis zu animieren. Leider wird uns der Anwalt die Suppe gewaltig versalzen und dann läuft Hansi wieder mit einer Trauermiene rum.

Als wir den Verhörraum betreten, tuschelt Herr Stein noch mit seinem Anwalt. Wie es aussieht ist er für diesen Umstand überraschend gut gelaunt. Vermutlich hat ihm sein Anwalt bereits erläutert, dass wir nicht wirklich viel gegen ihn in der Hand haben.

„Also Herr Stein, dann erklären Sie uns mal, wie eine Ihrer Zigarettenkippen an den Tatort kommt!“, fordert Hansi ihn auf.

Dabei wirkt mein Kollege sehr siegessicher, und ich bin ziemlich sicher, dass der Anwalt gleich loslegen wird, und ihn von seinem hohen Ross ganz schnell wieder auf den Boden der Tatsachen bringt.

„Mein Mandant hat diese beim Spazierengehen weggeschnippt. Natürlich merkt er sich nicht alle Orte, an denen er seine Zigarettenkippen loswird, aber nur so kann er es sich erklären“, antwortet der Anwalt anstelle von Herrn Stein.

„Ach kommen Sie schon, wir wissen doch alle, dass das nur eine Ausrede ist“, entgegnet Simone.

„Geben Sie zu, dass Sie Ihrer Freundin und Herrn Neumann auf die Schliche gekommen sind und aus purer Eifersucht haben Sie Herrn Neumann aufgelauert und ihn eiskalt abgestochen“, erläutere ich ihm den Tathergang, so wie ich mir diesen aufgrund der Hinweise die wir haben vorstelle.

„Das ist völliger Quatsch, ich wusste nichts von der Affäre“, entgegnet nun Herr Stein, woraufhin ihm sein Anwalt einen mahnenden Blick zuwirft.

Offensichtlich hat dieser ihm einen Maulkorb verpasst und seinen Mandanten angewiesen ihm das Reden zu überlassen. Sofort presst Herr Stein seine Lippen aufeinander und schweigt nun eisern. Er hat wohl den Blick seines Anwalts richtig gedeutet, denn dieser nickt kaum merklich und sieht wieder zu uns.

„Meinem Mandanten war nicht bekannt, dass er von seiner Freundin betrogen wurde“, sagt der Anwalt nun in seinem geschwollenen Tonfall.

Ich kann diese Anzugträger ja gar nicht leiden. Vor allem nicht, wenn sie immer die Wahrheit verdrehen. Aber jedem Verdächtigen steht nun einmal ein Rechtsbeistand zu, das können wir leider nicht verhindern.

Die ganze Befragung über streitet der Anwalt im Auftrag seines Mandanten eine Schuld vehement ab. Er fordert dessen Freilassung, da wir ihm aufgrund mangelnder Beweise nichts nachweisen können.

Natürlich können wir ihn noch ein paar Stunden hierbehalten, doch wenn wir keine weiteren Beweise auftreiben, dann werden wir ihn wohl oder übel wieder laufen lassen müssen.

10. Kapitel

19. März, nachmittags halb drei in Straubing

„Der Anwalt von Herrn Stein hat angerufen und möchte euch sprechen“, informiert mich eine Kollegin übers Telefon. „Er kommt gleich vorbei, weil er gerade in der Gegend ist.“

„Na, da bin ich ja mal gespannt, was der zu sagen hat“, erwidere ich, bevor ich mich für die Info bedanke und den Hörer wieder auflege.

Ich informiere meine Kollegen über die Ankündigung.

„Vielleicht ist sein Mandant ja jetzt geständig“, sagt Hansi schulterzuckend.

„Das halte ich eher für unwahrscheinlich“, sagt Simone und teilt damit meine Bedenken.

Vermutlich hat der Kerl irgendwelche Pseudoalibis aufgetrieben, die seinen Mandanten nun entlasten sollen.

Tatsächlich dauert es nur ein paar Minuten, bevor er von einem jungen Kollegen in unser Büro geführt wird.

„Bitte nehmen Sie doch Platz!“; bietet Simone ihm an und schiebt einen Stuhl zurecht.

Der Anwalt kommt Ihrer Aufforderung nach, öffnet anschließend seinen Aktenkoffer und holt eine Akte daraus hervor. Es verwundert mich, dass er noch mit so viel Papier seiner Arbeit nachkommt, denn die meisten seiner Berufskollegen ziehen die papierlose Variante vor.

„Meine Kanzlei hat die Arbeit der Polizei übernommen und Beweise für die Unschuld meines Mandanten gefunden“, sagt er sehr überheblich.

„Ach, und was sind das für Beweise?“, hake ich nach.

„Es gibt einen Zeugen, der bei Herrn Stein war, als dieser vor dem Haus von Herrn Neumann seine Zigarette geraucht hat“, antwortet der Anwalt.

Ich hoffe wirklich, dass er uns hier kein gekauftes Alibi auftischt. Wenn wir uns nun auch noch mit Lügen und falschen Aussagen herumschlagen müssen, dann finden wir den wahren Täter niemals.

„Können Sie uns das bitte näher erläutern?“, hakt Simone nach.

„Mein Mandant hat seine Freundin Frau Winterfeld an jenem Abend beschattet. Dabei hatte er sich Unterstützung von einem Freund geholt. Die beiden haben dabei von dem Verhältnis zwischen Frau Winterfeld und Herrn Neumann erfahren und sind ihm auch noch bis zu seinem Zuhause gefolgt. Dort hat mein Mandant auch die Zigarettenkippe aus dem Autofenster geworfen. Anschließend sind sie jedoch wieder gefahren und mein Mandant hat sich vorgenommen, seine Partnerin am nächsten Tag zur Rede zu stellen“, erklärt er ausführlich.

„Dann hat Ihr Mandant also doch ein Alibi?“, hakt Hansi misstrauisch nach.

Der Anwalt nickt.

„Sie können auch gerne nochmal mit Herrn Merlik reden und sich dies von ihm bestätigen lassen“, schlägt er vor.

Herr Merlik ist also der ominöse Zeuge, der unseren Verdächtigen Herrn Stein entlasten soll.

„Warum hat uns Herr Stein nicht sofort über diesen Zeugen informiert?“, hake ich neugierig nach.

„Er hatte die Befürchtung, dass ihn dies verdächtig machen würde“, antwortet er.

„Diese Befürchtung ist nicht unbegründet“, murmelt Simone zustimmend und sieht den Anwalt mit hochgezogenen Augenbrauen erwartend an.

Sie ist wohl mit dieser kurzen Erklärung nicht zufrieden und möchte noch weitere Erklärungen.

„Herr Merlik war noch bis in die frühen Morgenstunden bei Herrn Stein, weil er seinen Freund in dieser prekären Situation nicht alleine lassen wollte“, führt er weiter aus. „Herr Stein konnte daher den Mord nicht begehen, ohne, dass Herr Merlik dies mitbekommen hätte und ich bin sicher, dass selbst dann der Freund ihn davon abgehalten hätte.“

„Allerdings hat Frau Winterfeld ausgesagt, dass Herr Stein nichts von ihrer Affäre wusste, sondern lediglich eine Vermutung hegte. Dann hat Herr Stein sie offensichtlich nicht zur Rede gestellt", erwidert Hansi.

„Er hatte noch nicht den Mut gefunden, weil er eine Trennung befürchtete."

Natürlich hat der Anwalt auch eine Ausrede hierfür.

„Ich habe hier eine schriftliche Erklärung von Herrn Merlik, die meine Erläuterungen bestätigt."

Der Anwalt holt ein Blatt Papier aus seiner Aktentasche und schiebt sie uns über den Schreibtisch. Das Dokument wurde von Herrn Merlik unterschrieben. Ich überfliege es kurz und tatsächlich bestätigt dieses Schriftstück die Ausführungen des Anwalts.

Jetzt stellt sich nur noch die Frage, ob Herr Merlik so gut mit Herrn Stein befreundet ist, dass er ihm ein falsches Alibi in einem Mordfall geben würde. Immerhin macht er sich bei einer Falschaussage strafbar und in einem so schwerwiegenden Fall, würde er auch ausgiebig dafür bestraft werden.

Ich wechsle mit meinen Kollegen einen Blick, nachdem wir das Schreiben durchgereicht haben.

„Wir müssen natürlich noch selbst mit Herrn Merlik sprechen", sagt Simone.

„Natürlich, er steht Ihnen zur Verfügung", erwidert der Anwalt. „Rufen Sie ihn einfach an!"

Der Anwalt packt seine Sachen zusammen und steht vom Stuhl auf.

„Dann kann ich davon ausgehen, dass mein Mandant aus der Untersuchungshaft entlassen wird?“, fragt er.

„Natürlich“, stimmt Simone zu.

Immerhin hätten wir ihn sowieso bald laufenlassen müssen und wenn Herr Merlik seine Aussage uns gegenüber bestätigt, können wir das auch gleich machen.

Der Anwalt verabschiedet sich knapp, bevor er unser Büro verlässt. Eine schwere Stille breitet sich in unserem Büro aus. Keiner von uns ist sonderlich begeistert von den Neuigkeiten, denn somit fällt Herr Stein als Verdächtiger aus. Zumindest dann, wenn das Alibi nachvollziehbar und glaubhaft ist. Das können wir erst nach dem Gespräch mit Herrn Merlik sagen, aber im Moment sieht alles danach aus.

„Fahren wir gleich noch zu dem Mann und lassen uns das Alibi bestätigen?“, fragt Hansi.

Simone und ich nicken zustimmend.

„Aber ich rufe ihn vorher noch an, damit wir ihn auch zu Hause antreffen“, sagt Simone und greift zum Hörer.

Wir warten geduldig, bis Simones Anruf angenommen wird. Nach einer Weile schüttelt sie den Kopf und legt den Hörer wieder auf.

„Ich versuche es am Handy“, murmelt sie, bevor sie erneut eine Nummer wählt.

Glücklicherweise ist ihr Anruf diesmal erfolgreich. Offensichtlich hat sie Herrn Merlik am Telefon, denn sie vereinbart mit ihrem Gesprächspartner, dass wir ihm in ein paar Minuten einen Besuch abstatten.

Der Mann versucht wohl zuvor noch zu verhandeln, da seiner Meinung nach keine weitere Aussage nötig ist. Allerdings erklärt Simone ihm, dass wir ihn persönlich nochmal zu seiner Aussage befragen müssen.

„Es gefällt ihm zwar nicht, aber wir können gleich noch vorbeikommen“, sagt Simone, nachdem sie das Gespräch beendet hat.

„Vielleicht befürchtet er ja, dass er sich verquatscht, weil das Alibi ein einziges Lügenkonstrukt ist“, murmelt Hansi.

11. Kapitel

19. März, nachmittags halb vier in Straubing

Wir werden von Herrn Merlik bereits erwartet, als wir bei ihm ankommen. Er führt uns in sein Wohnzimmer und bietet uns dort einen Platz auf dem Sofa an.

„Sie wollen jetzt also meine Bestätigung, dass ich mit Kilian Stein den Neumann beschattet habe?“, fragt er mit leicht genervtem Unterton in der Stimme.

„Wir wollen nicht nur, dass Sie das bestätigen, sondern uns auch den genauen Ablauf des Abends erzählen“, erwidere ich.

„Ich soll alles nochmal erzählen?“, fragt er ungläubig. „Aber ich habe das doch schon alles dem Anwalt erzählt und die Erklärung auch unterschrieben.“

„Trotzdem müssen wir Ihre Aussage nochmal aufnehmen. Sie wissen ja, die deutsche Bürokratie“, seufze ich theatralisch.

„Dann erzähle ich die ganze Geschichte eben nochmal“, gibt er endlich seufzend nach. „Kilian hatte den Verdacht, seine Freundin würde ihn mit dem Neumann betrügen. An jenem Abend hat sie behauptet, sie wäre mit Freundinnen unterwegs. Er wollte, dass wir ihr unauffällig folgen und beobachten, ob sie die Wahrheit gesagt hat, oder ihn anlog. Tatsächlich traf sie sich nicht nur mit Freundinnen, sondern auch mit dem Neumann. Wir schlugen uns die ganze Nacht um die Ohren und warteten vor der Diskothek, in der sie waren, im Auto, bis die Gruppe wieder herauskam. Da seine Freundin mit Herrn Neumann noch einen innigen Kuss austauschte, war Kilian natürlich auf hundertachtzig. Wir sind den beiden bis nach Hause gefolgt, wobei sie glücklicherweise bei der Freundin blieb und nicht mit dem Neumann heimging. Ich habe ihm gesagt, er solle eine Nacht darüber schlafen und sie am nächsten Tag zur Rede stellen. Daraufhin sind wir zu ihm in die Wohnung gefahren und haben noch etwas getrunken. Da ich nicht mehr fahren konnte, pennte ich auf seinem Sofa."

Tatsächlich stimmt seine Aussage mit der niedergeschriebenen Aussage überein. Entweder es hat sich tatsächlich so zugetragen, oder der Anwalt hat Herrn Merlik beauftragt die Geschichte auswendig zu lernen.

„Sie wissen schon, dass Sie als Zeuge die Wahrheit sagen müssen und auch vor Gericht vereidigt werden könnten?", fragt Hansi belehrend.

„Ich sage die Wahrheit", beteuert er. „Es hat sich genauso abgespielt."

„Und was war mit der Zigarette?", hakt Simone nach.

„Kilian ist Raucher und hat die Zigarettenkippe aus dem Fenster geworfen“, antwortet er.

„Auch vor dem Haus von Herrn Neumann?“, frage ich.

Er nickt.

„Ich kann mich noch erinnern, dass er das Fenster geöffnet hat und sie direkt vor den Eingang zum Grundstück geworfen hat. Das war wohl ein kleiner Racheakt.“

„Sind Sie sicher, dass Herr Stein seine Wohnung nicht mehr verlassen hat, nachdem Sie wieder zurück waren?“, fragt Simone ihn.

„Er hat die Wohnung definitiv nicht mehr verlassen“, bestätigt er.

„Vielleicht haben Sie es ja nicht gehört, weil Sie geschlafen haben“, werfe ich ein.

„Ich habe einen sehr leichten Schlaf und außerdem schlief ich im Wohnzimmer. Hätte er die Wohnung wirklich nochmal verlassen, hätte er an mir vorbei müssen.“

Herr Merlik wirkt auf mich aufrichtig und ich bin gewillt ihm zu glauben. Vielleicht haben wir ja tatsächlich den Falschen im Visier. Andererseits kommt schon wirklich sehr viel zusammen das gegen Herrn Stein spricht.

Doch solange Herr Merlik an dem Alibi festhält, müssen wir weiter ermitteln und nach dem Täter suchen. Außerdem war es auch nicht Herrn Steins

DNA, die unter den Fingernägeln des Opfers gefunden wurde. Das haben wir schon überprüft.

Nachdem wir Herrn Merlik genau zu den Ereignissen befragt haben und er auch nach mehrmaligem Nachfragen die Geschichte immer wieder bestätigt, brechen wir die Befragung ab. Bei seiner Aussage hat er sich auch nicht verstrickt, sodass wir keine Lüge annehmen müssen. Die Geschichte wirkt stimmig und daher haben wir vorerst keine Wahl, als weiter zu ermitteln.

Natürlich haben wir auch schon Herrn Stein zu dem plötzlich aufgetauchten Alibi befragt. Auch er hat die Geschichte bestätigt und angegeben, dass er dies nur verschwiegen hat, weil er Angst hatte, sich noch mehr verdächtig zu machen, wenn er zugibt, dass er unser Opfer beschattet hat. Dabei ist seine Aussage nicht wirklich schwer zu wiegen, denn immerhin kann der Anwalt ihm diese Geschichte erzählt haben, damit die Aussagen übereinstimmen. Also könnte Herr Stein uns dahingehend sehr gut angelogen haben.

Als ich zu Hause ankomme, wartet Rosi schon mit dem Essen auf mich. Der Tisch ist gedeckt und sofort fällt mir auf, dass nicht nur zwei, sondern sechs Teller bereitstehen. Habe ich etwa schon wieder ein Treffen mit Freunden vergessen?

„Erwarten wir Besuch?“, frage ich vorsichtig, denn womöglich bekomme ich gleich wieder Anschiss, weil ich davon wissen müsste.

„Wir nicht, aber ich“, antwortet sie. „Meine Freundinnen kommen doch heute, hast du das etwa vergessen?“

Jetzt wo sie es sagt, fällt es mir wieder ein. Tatsächlich hat sie mal erwähnt, dass ihr Freundinnentreffen in diesem Monat bei uns stattfindet. Allerdings ist das schon ewig her. Eigentlich ist es nur ein paar Tage her, doch für meine Begriffe ist das ewig.

„Wann kommen sie denn?“

Bei meiner Frage wirft Rosi einen Blick zur Küchenuhr.

„Sie müssten jeden Moment hier sein“, antwortet sie.

„Sehr gut, dann setze ich mich schon mal hin.“

Noch bevor ich Platz nehmen kann, pfeift sie mich zurück.

„Du musst heute im Wohnzimmer essen, weil wir nicht genügend Platz haben.“

Ungläubig sehe ich sie an. Sie verweigert mir einen Platz am Esstisch?

„Was siehst du mich so entsetzt an?“, sagt sie schroff. „Sonst möchtest du doch immer vor dem Fernseher essen.“

Es ist nicht so, dass ich das immer möchte, sondern lediglich, wenn etwas Interessantes im

Fernsehen kommt. Da kann ich mir dann immer anhören, wie unangemessen sie es findet, die Mahlzeiten nicht gemeinsam am Tisch einzunehmen. Doch heute scheint es plötzlich nicht mehr unangemessen zu sein.

„Und wie sehr regst du dich dann immer auf?“, erwidere ich.

„Das hilft jetzt alles nichts“, erwidert sie. „Möchtest du gleich essen?“

Jetzt plötzlich ist sie großzügig und ich muss nicht warten, bis ihre Freundinnen da sind. Da sieht man mal wieder wie berechnend die Frauen sind. Meine Rosi schließe ich da gar nicht aus.

„Na gut, dann esse ich eben ganz alleine im Wohnzimmer“, sage ich trotzig und hoffe, dass sie dann zumindest etwas großzügiger bei meiner Portion ist. „Was gibt es denn überhaupt?“

„Schweinefilet im Blätterteig und verschiedene Salate dazu“, antwortet sie.

„Ich nehme das Schweinefilet gerne auch ohne Salate“, erwidere ich, wofür ich natürlich einen finsteren Blick ernte.

Doch in Anbetracht der Umstände, kann ich mir so eine kleine Frechheit heute erlauben. Immerhin habe ich etwas gut bei meiner Frau, weil sie mich zum Essen ins Wohnzimmer ausquartiert.

Ich gehe zum Kühlschrank, um mir ein Feierabendbier rauszuholen. Natürlich fällt meine Aufmerksamkeit sofort auf die kleinen, mit weißer

Creme gefüllten Gläser, die sich im Kühlschrank befinden.

„Eine Nachspeise gibt es auch noch", sage ich freudig. „Ich nehme mir gleich ein Glas mit rüber, dann muss ich euch später nicht stören."

Natürlich sind meine Beweggründe etwas andere, denn ich sichere mir lieber gleich ein Glas, nicht, dass mir die Frauen alles wegfuttern. Überraschenderweise hat Rosi meinen Teller sehr gut gefüllt. Natürlich befindet sich auch Salat darauf, aber auch mit dem Fleisch hat sie nicht gespart. Vermutlich nur deshalb damit ich nicht um Nachschlag komme, wenn ihre Freundinnen schon alle da sind. Sie hat wohl Bedenken die Frauen könnten mich für einen Vielfraß halten.

Wobei, wenn ich so darüber nachdenken, müssten die das sowieso alle wissen. Immerhin kennen sie mich schon lange und ich möchte nicht wissen, was meine Frau ihnen alles über mich erzählt.

12. Kapitel

20. März, morgens halb acht in Niederhaibach

Ich habe gestern Abend gar nicht gehört, als meine Frau ins Bett gekommen ist. Offensichtlich ist es mit ihren Freundinnen ganz schön spät geworden. Trotzdem ist sie schon vor mir aufgestanden und als ich in die Küche komme, hat sie den Frühstückstisch schon gedeckt.

„Guten Morgen“, sage ich laut, als ich die Küche betrete.

Als ich gestern Abend ins Bett gegangen bin, habe ich mich noch von den versammelten Damen verabschiedet und sie dabei in ausgelassener Stimmung angetroffen.

„Wie spät ist es denn gestern noch geworden?“, frage ich neugierig, nachdem sie meinen Morgengruß erwidert hat.

„Wir sind noch fast bis Mitternacht gesessen“, antwortet sie.

„Das Essen war übrigens köstlich“, lobe ich meine Frau.

„Das habe ich gemerkt, weil du den ganzen Teller geleert hast“, entgegnet sie schmunzelnd.

Sie stellt eine kleine Schüssel vor mir auf den Tisch, worin sich eine schleimartige, beigefarbene Konsistenz befindet. Offensichtlich gibt es heute mal wieder Haferschleim.

„Kann ich nicht einfach ein Honigbrot essen?“, frage ich Rosi, denn ich kann dieses breiige Etwas wirklich nicht essen.

„Wir haben gestern wieder gewaltig über die Stränge geschlagen. Daher müssen wir heute einen Fastentag einlegen.

„Na gut, ich lasse die Butter auf dem Brot weg“, schlage ich vor.

„Der Hafer ist gut für dich. Er hat unheimlich gute Nährwerte, viele Ballaststoffe, Vitamine, Mineralien und Antioxidantien.“

Das letzte Wort habe ich noch nie in meinem Leben gehört. Wo hat sie denn diesen Ausdruck wieder her?

Rosi sollte nicht so viele von diesen Gesundheitsratgebern lesen. Die tun ihr nicht gut.

„Im Haferbrei ist auch Honig“, sagt sie und sieht mich auffordernd an. „Und Früchte.“

So sehr sie das Gericht auch anpreist, ich weiß genau, dass es mir nicht schmecken wird. Dennoch wird mir wohl nichts anderes übrigbleiben, zumindest einen Teil davon zu essen. Ansonsten rügt mich meine Frau wieder und für gewöhnlich ist sie dann mehrere Tage unausstehlich. Das kann ich nur umgehen, wenn ich guten Willen zeige. Außerdem hat sie ja Recht. Gestern Abend habe ich es mir wirklich gutgehen lassen und sie hat auch darauf verzichtet mir dahingehend einen Vorwurf zu machen.

Ich ergreife den bereitliegenden Löffel und schiebe ihn in die breiige Masse. Nur soweit, dass die Löffelspitze bedeckt ist. Das reicht für eine kleine Kostprobe. Immerhin muss ich zuerst prüfen, ob es überhaupt genießbar ist und ob ich es runterbekomme.

Mal von der Konsistenz abgesehen, schmeckt es tatsächlich nicht so schlecht, auch wenn die Süße eher wenig ist, machen die Früchte es einigermaßen genießbar. Tapfer beiße ich mich im wahrsten Sinne des Wortes durch. Wobei man für den Haferschleim nicht unbedingt Zähne benötigt.

„Schmeckt er dir?“, fragt sie mich, als sie sich mit ihrer Schüssel zu mir an den Tisch setzt.

Eins muss ich ihr lassen, sie tischt dieses gesunde Zeug nicht nur mir auf, sondern isst es tatsächlich auch selber und das sogar noch freiwillig.

„Mhm“, murmle ich.

„Also Begeisterung klingt anders“, entgegnet sie tadelnd.

„Du kannst auch nicht erwarten, dass ich in Begeisterungsstürme ausbreche, wenn du mir Haferschleim vorsetzt“, erwidere ich.

„Also ich finde ihn echt lecker“, sagt sie und schiebt sich einen vollen Löffel davon in den Mund.

Tatsächlich wirkt es so, als würde es ihr schmecken. Sie isst es mit Genuss und ich glaube nicht, dass sie nur so tut als ob. Auch wenn ich ihr das zutrauen würde. Nur um mich zu ärgern, würde sie vermutlich auch pures Gras essen, wenn ich es ihr dann gleichtun müsste.

„Also ich bin satt“, sage ich und schiebe die Schale von mir.

Sie reckt ihren Kopf und wirft einen Blick in meine Schüssel.

„Du hast ja gar nicht aufgegessen“, erwidert sie tadelnd.

„Mehr kann ich davon wirklich nicht essen“, beteuere ich. „Außerdem muss ich los. Hansi und Simone warten bestimmt schon auf mich.“

Ich drücke meiner Frau noch einen Kuss auf die Wange, bevor ich aufbreche.

„Nicht, dass du wieder beim Leitner oder beim Bäcker hältst und dir die ungesunden Sachen kaufst!“, ruft sie mir noch hinterher.

„Mache ich nicht“, erwidere ich und heute meine ich es auch so.

Ich habe gestern Abend wirklich verdammt gut gegessen und der Haferschleim von eben sättigt gut, auch wenn es kein Genuss ist ihn zu essen. Daher werde ich es bis zum Mittagessen aushalten und meiner Frau mache ich damit hoffentlich eine Freude. Immerhin tragen es ihr ihre Freundinnen natürlich immer zu, wenn sie mich beim Metzger oder Bäcker sehen und sie weiß fast immer, wenn ich mich nicht an ihren Diätplan halte. Vermutlich wüsste sie das auch ohne, dass es ihre Freundinnen petzen, denn sie kennt mich.

„Guten Morgen“, sage ich gutgelaunt, als ich unser Büro betrete.

Hansi und Simone sitzen schon vor ihren Bildschirmen und arbeiten fleißig. Meine Aufmerksamkeit wird jedoch von einer großen Papiertüte angezogen, die Hansi auf seinem Schreibtisch stehen hat.

„Guten Morgen, da bist du ja. Jetzt können wir endlich frühstücken“, erwidert er mit einem Grinsen auf den Lippen.

Er greift nach der Tüte und reißt sie ungeduldig auf. Offensichtlich hat er schon gewaltigen Hunger. Zum Vorschein kommen drei Salamisemmeln.

„Für mich nicht, danke“, lehne ich ab, auch wenn es mir verdammt schwerfällt.

Simone und Hansi sehen mich an, als hätten sie einen Geist gesehen.

„Das meinst du nicht ernst?“, fragt Hansi.

„Ich habe schon gefrühstückt“, antworte ich.

„Das hält dich sonst auch nicht ab, ein zweites Frühstück einzunehmen“, erwidert Simone.

Hansi hält mir die Semmel auffordernd entgegen und ich bemerke wie schwach mein Wille bezüglich guter Vorsätze beim Essen ist. Genau genommen hat meine Frau ja gesagt, ich dürfe nicht beim Bäcker oder Metzger halten, um mir eine Brotzeit zu kaufen. Das ist ja was anderes, als wenn Hansi eine Brotzeit besorgt hat, ohne dass ich davon wusste.

Noch dazu kann ich das gute Essen doch nicht verkommen lassen. Das wäre ja glatte Verschwendung und unhöflich obendrein. Daher greife ich zögerlich zu. Bevor ich in die Salamisemmel beiße, halte ich kurzzeitig inne, doch dann ist mein innerer Schweinehund stärker.

„Alles andere hätte mich auch gewundert“, murmelt Hansi amüsiert, bevor auch er einen Bissen nimmt.

Auch Simone scheint mein Zaudern zu belustigen, denn sie verzieht grinsend den Mund. Dafür werde ich heute das Mittagessen ausfallen lassen, oder zumindest nur etwas Leichtes zu mir nehmen. Das nehme ich mir ganz fest vor, immerhin habe ich es Rosi versprochen und ihr Vorschlag macht ja auch Sinn. Wenn man nach einem Tag gehaltvollem Essens einen Fastentag einlegt, dann schlägt die Energiebilanz nicht so sehr aus. Das Problem ist leider nur, dass mein Wille so schwach ist und ich meine Vorsätze nur sehr schwer durchhalten kann.

Ach was rede ich von schwer!

Genau genommen kann ich sie gar nicht durchhalten.

13. Kapitel

20. März, vormittags halb zehn in Straubing

Wir fahren nochmal zu Frau Winterfeld, um mit ihr zu reden. Vielleicht kann sie ja etwas mehr Licht ins Dunkel bringen und uns würde auch interessieren, ob Herr Stein ihr mittlerweile gesagt hat, dass er von ihrer Affäre wusste.

Als wir vor ihrem Haus ankommen, steht vor der Haustür ein junges Paar und scheint in eine heiße Diskussion verwickelt zu sein.

„Das ist doch die Winterfeld“, sagt Hansi überrascht.

„Und der Herr Merlik“, murmelt Simone überrascht. „Die beiden streiten doch.“

Wir können sie zwar nicht hören, aber alleine ihre Gestik zeigt deutlich, dass die beiden mehr als nur eine kleine Meinungsverschiedenheit haben. Herr Merlik packt Frau Winterfeld am Unterarm, welchen diese ihm sofort entreißt.

Hansi und Simone springen aus dem Auto. Ich brauche dafür etwas länger, was meinem schmerzenden Knie geschuldet ist. Manchmal sind Tage dabei, an denen die Liste der Körperteile die mir nicht weh tun kürzer wäre, als die Liste mit denen die mir nicht wehtun.

Alt werden macht echt keinen Spaß!

Nein, stopp!

Es ist nicht das alt werden, das keinen Spaß machen, sondern die Gebrechen, welches das Alter mit sich bringt.

Dennoch muss man für jeden Tag, den man erleben darf, dankbar sein.

Als wir uns dem Pärchen nähern, höre ich deutlich, dass sie sich sogar ganz gewaltig in den Haaren liegen. Leider kann ich aus den Wortfetzen noch nicht entschlüsseln wegen was die beiden so streiten. Vielleicht haben Simone und Hansi da mehr Glück, sie sind immerhin näher dran.

Die beiden sind so sehr mit sich selbst beschäftigt, dass sie uns gar nicht bemerken. Ich beeile mich, um auf Hansi und Simone aufzuschließen, und versuche dabei mein schmerzendes Knie zu ignorieren. Das ist leider leichter gesagt als getan.

Allerdings darf ich nicht jammern, denn wenn meine Frau das mitbekommt, schleift sie mich wieder zum Arzt und der hat dann nicht Besseres zu tun, als eine Operation vorzuschlagen. Aber so lange ich das irgendwie vermeiden kann, lege ich mich nicht unters Messer. Sollen sich die Götter in Weiß doch ein anderes Versuchskaninchen suchen.

„Es ist vorbei!“, ruft Frau Winterfeld aufgebracht und sieht Herrn Merlik finster an.

„Ich bestimme wann es vorbei ist“, entgegnet er entschlossen.

Wenn ich eins auf den Tod nicht ausstehen kann, dann sind das Männer, oder auch Frauen, das ist mir völlig einerlei, die das Ende einer Beziehung nicht akzeptieren können. Wenn es dabei auch noch zu Handgreiflichkeiten kommt, die meistens von dem männlichen Geschlecht ausgehen, das brauchen wir uns gar nicht schönzureden, dann ist der Ofen völlig aus.

Ich weiß ja nicht was daran so schwer zu verstehen ist. Wenn jemand nein sagt, dann ist einfach nein. Darüber gibt es doch keine Diskussion!

Gerade als Herr Merlik den Arm hebt, wobei ich mir nicht sicher bin, ob er Frau Winterfeld angreifen möchte, oder sie einfach mit ausufernden Gesten zu einem Umdenken überreden möchte, bemerkt er uns aus dem Augenwinkel.

Plötzlich wirbelt sein Kopf in unsere Richtung und augenblicklich lässt er seinen Arm wieder sinken.

„Was ist denn hier los?“, fragt Hansi misstrauisch.

„Gar nichts, wir unterhalten uns nur“, erwidert Herr Merlik und sieht dabei aus, als hätte man ihn gerade bei etwas Verbotenem erwischt.

„So hat das aber gerade nicht ausgesehen“, entgegnet Simone und legt dabei ihre Stirn in Falten.

Dabei stemmt sie ihre Hände in die Hüften und unterstreicht somit noch die Ernsthaftigkeit ihrer

Worte. Herr Merlik sieht hilfesuchend zu Frau Winterfeld, doch sie funkelt ihn nur finster an.

So wie es aussieht, wollte Herr Merlik die Freundin von Herrn Stein überreden, dass sie seine Aussage und die von Herrn Stein bestätigt. Vielleicht hat sie ja schon für die beiden gelogen und natürlich steht da für Herrn Merlik eine Menge auf dem Spiel. Immerhin wäre er wegen Falschaussage als Zeuge dran und das ist kein Spaß. Dafür gibt es harte Strafen.

Was natürlich auch noch eine Möglichkeit wäre, dass die beiden ebenfalls eine Affäre haben. Allerdings ist dies eher unwahrscheinlich, denn Frau Winterfeld wird ja neben ihrem Freund nicht gleich zwei weitere Beziehungen führen.

„Frau Winterfeld, erklären Sie uns doch bitte, was hier los ist!“, fordert Simone die Frau auf.

Herr Merlik wirft Frau Winterfeld einen finsteren Blick zu und ich glaube, dass es einer stummen Drohung gleichkommt. Die Frau schluckt merklich und wenn mich nicht alles täuscht ist sie gerade zwiegespalten.

„Nur ein kleiner Streit unter Freunden, weiter nichts“, erwidert sie nach kurzem Zögern.

Man muss wirklich kein Menschenkenner sein, um zu bemerken, dass die Frau lügt. Ich bin aber nicht sicher, warum sie das tut. Entweder versucht sie damit ihren Freund und Herrn Merlik zu schützen, oder sie hat Angst.

„Das hat sich aber nicht nach einem kleinen Streit angehört und vor allem hat es nicht so ausgesehen“, erwidere ich.

Frau Winterfeld presst ihre Lippen fest aufeinander und weicht meinem Blick aus.

„Worum ging es denn bei Ihrem Streit?“, fragt Hansi.

Die beiden schweigen eisern.

„Eine Privatangelegenheit“, antwortet Herr Merlik schließlich ablehnend.

„Wir ermitteln in einem Mordfall, in dem Sie ein wichtiger Zeuge sind. Da gibt es keine Privatangelegenheiten“, sagt Hansi streng und verschränkt dabei seine Arme vor der Brust.

„Moment mal, warum bist du Zeuge?“, fragt Frau Winterfeld irritiert.

Offensichtlich weiß Frau Winterfeld noch überhaupt nicht, dass Herr Merlik ihrem Freund ein Alibi gegeben hat, und sie von den beiden beschattet wurde, um sie der Untreue zu überführen.

Sie starrt Herrn Merlik irritiert an.

„Ich war mit Kilian in jener Nacht zusammen, als dieser Mann getötet wurde“, erklärt er ihr schließlich.

„Dieser Mann hatte einen Namen“, erwidert Frau Winterfeld sichtlich schockiert.

Man sieht Frau Winterfeld deutlich an, dass ihr der Tod unseres Opfers wirklich nahegeht und ich glaube ihr auch, dass sie bisher nichts von dem Alibi wusste.

„Sie wussten nicht, dass wir Ihren Freund kurzzeitig in Verdacht hatten?“, hake ich bei Frau Winterfeld nach.

Sie schüttelt entgeistert den Kopf.

„Davon hat er mir nichts erzählt“, gesteht sie und für mich sieht es so aus, als würde sie die Wahrheit sagen.

„Möchten Sie uns vielleicht jetzt doch sagen, worum es bei Ihrem Streit ging?“, fragt Simone die sichtlich verstörte Frau Winterfeld.

„Warum hat er mir nichts davon erzählt?“, murmelt Frau Winterfeld an sich selbst gerichtet.

„Er wollte dich nur nicht beunruhigen“, mischt sich nun auch wieder Herr Merlik ein.

Wenn ich mich nicht irre sieht er sie nun mit einem stummen Flehen an. Daraufhin stößt sie den Atem aus.

„Ich habe geahnt, dass mein Freund mir etwas verheimlicht hat und ich wollte von Herrn Merlik wissen, was es war“, sagt Frau Winterfeld schließlich.

Ich bin mir ziemlich sicher, dass sie gerade lügt. Was auch immer sie dazu bewogen hat, könnte etwas mit unserem Mordfall zu tun haben.

14. Kapitel

20. März, mittags halb zwölf in Straubing

Wir sitzen im Wirtshaus und ich warte hungrig auf meinen Schweinebraten. Der gute Vorsatz ist schon wieder vergessen und ich brauche definitiv etwas Anständiges in den Magen.

„Die beiden verschweigen uns doch etwas. Die haben doch richtig gestritten als wir dazugekommen sind und das war sicher nicht nur, weil Frau Winterfeld glaubte, ihr Freund könnte ihr etwas verbergen“, fasst Simone den Vormittag kurz und bündig zusammen.

„Wir sollten die Frau Winterfeld nochmal zu einem Gespräch zu uns ins Revier bitten. Wenn Sie mit unserem Opfer ein Verhältnis hatte, dann lag ihr auch etwas an ihm. Sicherlich möchte sie für den Mord an Herrn Neumann Gerechtigkeit“, schlage ich vor.

„Gute Idee, außerdem müssen wir herausfinden worum es in dem Streit zwischen ihr und Herrn Merlik wirklich ging. Ich bin sicher, das bringt uns in unserem Mordfall auch weiter“, erwidert Hansi, bevor er sich den ersten Bissen seines Schnitzels in den Mund schiebt.

Ich hätte mir auch das Schnitzel bestellen sollen, dann hätte ich jetzt auch schon etwas zu essen. Was brauchen die eigentlich so lange für meinen Schweinebraten?

Müssen die die Sau erst noch fangen oder was?

Auch Simone hat ihre Schweinelendchen schon bekommen. Nur ich sitze hier hungernd und mein Magen hängt mir schon bis zu den Knien. Endlich steuert die Kellnerin mit einem Teller auf mich zu und wenn mich nicht alles täuscht befindet sich darauf mein Schweinebraten. Schon von weitem sehe ich zwei Knödel darauf. Ich habe extra noch einen dazu bestellt, weil ich einen Bärenhunger habe.

Tatsächlich stellt sie den Teller vor mir ab und ich mache mich gleich darüber her.

„Sag mal, du bist ja halb am verhungern“, stellt Hansi amüsiert fest. „Da hat die Salamisemmel nicht lange hergehalten.“

„Du hast leicht reden. Während ich warten musste, hast du deine halbe Portion bereits aufgefuttert“, erwidere ich.

Tatsächlich bin ich wirklich schwach, wenn es ums Essen geht. Doch die paar Löffel Haferschleim und die kleine Salamisemmel sind längst verdaut. Außerdem habe ich zur Mittagszeit immer am meisten Hunger, egal was ich zum Frühstück gegessen habe.

„Es schmeckt wirklich sehr gut“, entgegnet er schmunzelnd, bevor er sich einen weiteren Bissen in den Mund schiebt.

Ich ignoriere sein herausforderndes Grinsen und konzentriere mich auf meinen Schweinebraten. Er schmeckt wirklich köstlich und war definitiv die richtige Wahl.

„Denkt ihr, Frau Winterfeld wusste wirklich nichts von dem Alibi, und dass ihr Freund die Nacht zusammen mit Herrn Merlik sie und Herrn Neumann beschattet hat?“, fragt Simone nachdenklich, als sie ihr Besteck auf den leeren Teller legt.

Sie hat tatsächlich die ganze Portion aufgegessen. Ein Glück, dass ich mir einen zweiten Knödel bestellt habe, denn von Simone wäre heute nichts übriggeblieben. Normalerweise hat sie keinen so gesegneten Appetit und es fällt immer noch ein Stück ab.

„Ihrer Miene nach zu urteilen, war sie völlig ahnungslos“, antworte ich.

„Ich hatte auch den Eindruck, als würde sie uns ihre Überraschung nicht nur vorspielen“, stimmt Hansi mir zu.

„Dann rufe ich sie an, sobald wir zurück im Revier sind“, sagt Simone und leert ihr Getränk in einem Zug.

Anschließend sieht sie mich ungeduldig an.

„Darf ich noch in Ruhe aufessen?“, frage ich vorwurfsvoll.

Simone schmunzelt, während ich meinen Blick wieder auf mein Essen richte. Hansi ist natürlich auch schon mit dem Essen fertig. Kein Wunder, immerhin konnten die beiden auch früher anfangen.

Dennoch müssen sie natürlich nicht lange auf mich warten. Immerhin bin ich nicht unbedingt dafür bekannt, langsam zu essen.

Zurück im Büro macht sich Simone gleich an die Arbeit und ruft Frau Winterfeld an. Tatsächlich bekommt sie diese auch schnell an den Hörer und sie vereinbart mir ihr, dass diese gleich noch vorbeikommt.

„Musstest du sie lange überreden?“, frage ich sie, als sie das Gespräch beendet hat.

„Zuerst wollte sie wissen, worum es geht. Natürlich war ihr klar, dass es um den Mord geht, doch sie wollte die genauen Gründe eines erneuten Gesprächs wissen. Allerdings begnügte sie sich mit meiner Aussage, dass wir das alles lieber vor Ort mit ihr klären würden“, antwortet Simone.

„Wetten, dass der Merlik dem Stein ein falsches Alibi gegeben hat“, brummt Hansi nachdenklich.

„Vielleicht hat ja Frau Winterfeld ihren Freund mittlerweile zur Rede gestellt und kennt bereits die Wahrheit“, murmelt Simone.

„Dann müssen wir sie nur noch dazu bringen dies uns gegenüber auch zuzugeben“, seufze ich.

Das wird keine einfache Aufgabe, denn bisher sah es nicht so aus, als würde sie mit uns zusammenarbeiten. Ihrer bisherigen Aussage nach, stellt sie sich auf Seiten von ihrem Freund und Herrn Merlik. Hoffentlich hat sie das nun überdacht und kooperiert mit uns.

Tatsächlich ist sie bereits kurze Zeit später bei uns im Büro. Wir bieten ihr einen Stuhl an und auch etwas zu Trinken. Den Platz nimmt sie an, doch ein Getränk lehnt sie ab.

„Warum bin ich hier?“, fragt sie nach kurzem Zögern.

„Haben Sie denn mittlerweile mit Ihrem Freund gesprochen?“, frage ich Frau Winterfeld.

Sie räuspert sich, bevor sie das Kinn reckt und schließlich nickt.

„Er hat mir alles erzählt“, antwortet sie.

„Dann wissen Sie also, dass Herr Stein und Herr Merlik Sie beschattet haben?“, hakt Simone nach.

„Ja, Kilian hat mir gestanden, dass er mir nachgefahren ist und dabei auch gesehen hat, dass ich mit Tobias Neumann unterwegs war. Aber mehr war da auch nicht und das habe ich ihm auch wiederholt versichert. Mittlerweile glaubt er es mir auch“, antwortet sie.

„Aber was hat Ihr Freund an diesem Abend gedacht?“, fragt Simone. „Da war er doch sicherlich rasend vor Eifersucht.“

„Falls Sie damit andeuten wollen, dass Kilian Tobias umgebracht haben könnte, dann bin ich mir ziemlich sicher, dass sie damit falsch liegen“, antwortet sie.

„Ziemlich sicher?“, hake ich nach. „Das klingt ja nicht sonderlich überzeugt.“

„Sie haben doch mit Jens gesprochen, der hat Ihnen doch die Unschuld meines Freundes bestätigt.“

„Sie meinen Herrn Merlik?“

Bei Simones Nachfrage nickt sie.

„Womöglich leistet Herr Merlik Ihrem Freund ja einen Freundschaftsdienst, indem er ihm ein falsches Alibi gibt“, sagt Hansi und sieht Frau Winterfeld dabei durchdringend an.

Sie runzelt die Stirn.

„Warum sollte er das tun?“

Ihr Frage ist nicht ganz unbegründet und eigentlich hofften wir, sie könnte uns das sagen.

„Die Sache mit dem Streit zwischen Ihnen und Herrn Merlik“, sagt Simone. „Worum ging es wirklich?“

„Ich muss mich doch wohl nicht wiederholen. Keine Ahnung, was Sie von mir wollen. Ich habe bereits alles gesagt was ich weiß“, erwidert sie mit sturem Blick und verschränkt dabei ihre Arme vor der Brust.

Noch eine ganze Weile versuchen wir an sie heranzukommen und ihr vielleicht doch noch ein Geheimnis zu entlocken. Doch Frau Winterfeld bleibt standhaft und ihrer Geschichte treu. Es ist zwecklos sie weiter zu befragen, denn sie beteuert immer wieder, dass Herr Stein unschuldig ist.

15. Kapitel

20. März, nachmittags halb zwei in Straubing

„Wir müssen unsere Taktik ändern“, sagt Simone. „Mit den Dreien kommen wir nicht weiter.“

„Als nächstes sollten wir uns im Bekanntenkreis von Frau Winterfeld und Herrn Stein umhören“, schlage ich vor. „Vielleicht kann uns ja dort jemand etwas über die Beziehung oder besser gesagt die Beziehungsprobleme erzählen.“

„Das ist eine gute Idee“, stimmt Simone mir zu. „Am besten wir reden mit den Freundinnen von Frau Winterfeld. Frauen untereinander erzählen sich meist alles.“

„Sprichst du da aus Erfahrung?“, frage ich schmunzelnd.

„Wenn du es genau wissen willst“, seufzt sie. „Ja, ich teile mit meiner besten Freundin auch alle meine Geheimnisse.“

„Dann brauchen wir also die beste Freundin von Frau Winterfeld“, sagt Hansi. „Und wie finden wir die am schnellsten ohne Frau Winterfeld zu fragen.“

Wenn möglich sollte Frau Winterfeld natürlich gar nicht mitbekommen, dass wir ihre Freundin befragen wollen. Immerhin könnte diese sonst schon vorfühlen und ihrer besten Freundin sagen, dass sie uns nur bestimmte Dinge erzählen darf. Manchen Frauenfreundschaften ist es definitiv zuzutrauen, dass sie sogar mit Informationen hinter dem Berg halten, wenn die beste Freundin dies verlangt. Selbst dann, wenn man dadurch eine Falschaussage riskiert.

„Ganz einfach, über Social Media", sagt Simone schulterzuckend und macht sich gleich fröhlich ans Werk, indem sie auf ihrer Tastatur tippt.

„Da haben wir ja schon etwas", murmelt sie nach einer Weile. „Bei Instagram postet sie immer wieder Fotos von sich und einer jungen Frau, die sie als BFF bezeichnet."

Ich wechsle einen fragenden Blick mit Hansi. Da ihm offenbar der Begriff auch nichts sagt, bin ich erleichtert. So bin ich wenigstens nicht der Einzige, der mit dieser Buchstabenfolge nichts anfangen kann.

„Das ist die Kurzform für beste Freunde forever", erklärt sie, ohne dass wir nachfragen müssen.

Sie kennt uns eben gut genug, um unsere fragenden Blicke richtig deuten zu können.

„Und, wie heißt die Freundin?", frage ich aufgeregt.

„Moment, so schnell bin ich nicht", erwidert Simone und hält ihren Blick auf ihren Bildschirm gerichtet.

„Ach, da hat sie den Namen mit dem Bild verlinkt", murmelt Simone mehr zu sich selbst, als zu uns.

Kein Wunder, immerhin können wir damit sowieso nichts anfangen. Zumindest für mich spricht Simone in Rätseln, wenn sie davon redet Namen und Bild seien verlinkt.

„Sie heißt Jasmin Freudmann und wohnt auch hier in Straubing", sagt Simone endlich.

„Na dann, fahren wir doch gleich mal bei ihr vorbei", schlage ich vor.

„Hoffentlich treffen wir sie auch gleich an. Nicht, dass Frau Winterfeld noch davon erfährt, dass wir mit ihrer besten Freundin reden möchten. Sicher kann sie dann eins und eins zusammenzählen", erwidert Simone.

„Wohnt sie denn alleine?", hakt Hansi nach.

„Ja, zumindest ist an ihrer Adresse nur sie gemeldet", antwortet sie. „Wartet mal, die Frau ist Assistenzärztin im Klinikum."

Hansi wirft einen Blick auf seine Armbanduhr, bevor er die Stirn runzelt.

„Ärzte haben doch um diese Zeit normalerweise Dienst oder?", fragt er.

„Soweit ich weiß haben Krankenhäuser rund um die Uhr geöffnet. Daher arbeiten Ärzte im Schichtdienst", erkläre ich ihm, obwohl er das eigentlich auch selbst wissen müsste.

„Du denkst, die lassen die Assistenzärzte auch schon Schichtdienst machen?", fragt er misstrauisch.

„Natürlich, warum nicht?", erwidert Simone irritiert.

„Na, dann fahren wir eben zuerst zu ihr nach Hause und wenn sie da nicht ist, dann fahren wir in die Klinik“, brummt Hansi beleidigt.

Offensichtlich ist ihm nun klargeworden, dass seine Aussage zuvor nicht sonderlich durchdacht war. Welcher Arzt ist denn bitteschön nicht im Schichtdienst?

Mal von denen abgesehen, die eine eigene Praxis haben natürlich.

„So machen wir es“, stimmt Simone zu.

Wir brechen sofort auf und fahren zuerst zu der Wohnung der besten Freundin. Tatsächlich wird uns die Tür nicht geöffnet. Auch ein weiteres Klingeln führt nicht zum gewünschten Erfolg. Daher fahren wir weiter zum Klinikum.

„Ich habe doch gesagt, die Frau hat Dienst“, brummt Hansi schmollend.

„Ist schon recht“, erwidere ich. „Jetzt fahren wir ja hin.“

Als wir dort ankommen, herrscht reger Betrieb vor dem Krankenhaus. Wir gehen zum Empfangstresen, hinter dem ein junger Mann sitzt und uns mit etwas genervtem Blick begrüßt.

„Zu wem möchten Sie?“, fragt er knapp.

„Zu Frau Jasmin Freudmann, bitte!“, antworte ich ihm.

Er tippt den Namen ein und ich bin schon gespannt, wie lange er braucht, bis er erkennt, dass es sich bei dem Namen nicht um eine Patientin handelt.

„Es tut mir leid, aber wir haben keine Patientin mit diesem Namen“, sagt er nach kurzer Suche.

„Dabei handelt es sich auch nicht um eine Patientin, sondern eine Ihrer Ärztinnen hier“, erlöst Simone den armen Kerl schließlich.

„Warum sagen Sie das denn nicht?“, erwidert er vorwurfsvoll.

„Wir dachten, Sie kennen Ihre Kollegen“, sagt Simone schmunzelnd.

„Haben Sie eine Ahnung wie viele Leute hier arbeiten?“, fragt er aufgebracht.

„Können wir jetzt bitte mit Frau Freudmann sprechen?“, hake ich nach.

Erneut widmet sich der junge Mann seinem Bildschirm. Allerdings erst nachdem er uns nacheinander einen vorwurfsvollen Blick zugeworfen hat.

„Sie ist auf Station drei. Fragen Sie dort am besten bei den Schwestern nach, die können Ihnen sagen, wo sie genau ist“, antwortet er schließlich.

„Vielen Dank“, erwidert Simone und als sie auf die Treppe zusteuert, werfe ich einen sehnsuchtsvollen Blick zu den Aufzügen.

Allerdings habe ich meiner Frau versprochen, dass ich mich im Alltag mehr bewege. Zum Beispiel auf Aufzüge zu verzichten und stattdessen die Treppe zu nehmen. Simone lebt uns das ja richtig vor. Sie bewegt sie immer viel im Alltag. Daher verkneife ich mir auch den Einwand und folge ihr zur Treppe.

„Ist das jetzt wirklich euer Ernst?“, fragt Hansi seufzend.

Wir drehen uns zu ihm um. Er ist stehengeblieben und sieht uns ungläubig an.

„Das Krankenhaus hat Aufzüge und wir müssen in den dritten Stock!“, erklärt er sein Entsetzen.

„Die drei Stockwerke können wir doch locker zu Fuß gehen“, sagt Simone.

„Und du machst da auch noch mit?“, fragt mich Hansi.

„Soll gesund sein“, antworte ich schulterzuckend.

„Ihr könnt ja machen was ihr wollt, aber ich nehme den Aufzug“, sagt er kopfschüttelnd. „Wir sehen uns oben.“

16. Kapitel

20. März, nachmittags halb drei in Straubing

Während Simone die Treppe wie ein junges Reh nach oben springt, muss ich mich ab dem zweiten Stock am Geländer hochziehen. Meine Atmung wird immer schneller, was natürlich an meiner fehlenden Kondition liegt.

Simone bleibt am oberen Absatz des zweiten Stockwerks stehen und sieht zu mir herunter. Ich habe gerade mal die Hälfte der Treppen geschafft und bin schon völlig am Ende.

„Möchtest du lieber doch mit dem Aufzug weiterfahren?“, fragt Simone und runzelt besorgt die Stirn.

„Ich schaff das schon“, bringe ich röchelnd hervor.

„Das glaube ich dir ja, die Frage ist nur, bis wann.“

Für ihre Aussage werfe ich ihr einen finsteren Blick zu und halte kurz inne. Ich brauche dringend eine Verschnaufpause.

„Vielleicht solltest du es nicht gleich übertreiben“, sagt sie mit bedauerndem Blick.

„Ich brauche nur eine kurze Pause“, stöhne ich luftschnappend, als ich endlich bei ihr ankomme.

Simone wendet ihren Kopf und sieht zu den Aufzügen. Vermutlich spielt sie mit dem Gedanken mich da rüber zu schleifen und in den Aufzug zu stecken. Doch dann zuckt sie doch die Schultern.

„Wie du willst."

Die Tatsache, dass wir uns hier in einem Krankenhaus befinden, hat sie wohl in ihrer Entscheidung beeinflusst. Immerhin könnte mir hier schnell geholfen werden, wenn ich wegen Überanstrengung zusammenbreche. Allerdings habe ich nicht vor es soweit kommen zu lassen.

Ich straffe meine Schultern und rüste mich für das letzte Stockwerk. Wäre doch gelacht, wenn ich das nicht schaffen würde!

Aber zu denken gibt mir das Ganze schon. Drei Stockwerke sollten doch wirklich kein so großes Problem sein. Vielleicht hat Rosi recht und es ist wirklich höchste Zeit, um etwas für meine Gesundheit zu tun.

Als wir endlich oben ankommen, und ich es glücklicherweise ohne Herzinfarkt und Atemversagen überstanden habe, werden wir von einem gelangweilt dreinschauenden Hansi erwartet.

„Da seid ihr ja endlich!"

„Was heißt hier endlich", entgegne ich nach Luft japsend. „Du kannst leicht reden, du bist ja mit dem Aufzug gefahren."

„Und ich verstehe wirklich nicht, warum du das nicht auch getan hast", erwidert er.

„Weil ich gerne verhindern würde, in nicht allzu ferner Zukunft mich in einem der Betten hier im Gebäude wiederzufinden“, erkläre ich ihm und sehe ihn warnend an.

Immerhin ist Hansis Lebensweise auch alles andere als gesundheitsfördernd. Sein Glück ist, dass er noch etwas jünger ist als ich es bin. Aber ich weiß, wie schnell die Zeit vergeht und plötzlich schicken sie dich in Rente, jeden Morgen tut dir irgendein anderes Körperteil weh und im Wirtshaus fragt man dich, ob´s ein Seniorenteller sein soll.

Das ist mir tatsächlich einmal passiert. Gut, ich muss dazu sagen, dass meine Frau den Kellner damals um einen Seniorenteller für sich selbst gebeten hat. Aber wie kann der Kerl denn dann auf die irrsinnige Idee kommen, dass für mich ebenfalls eine halbe Portion reichen könnte?

Gerade läuft eine Krankenschwester an uns vorbei. Simone hält sie auf.

„Entschuldigen Sie bitte, wir sind auf der Suche nach einer Frau Doktor Freudmann“, erklärt sie ihr.

„Die ist gerade in einer OP“, antwortet die Krankenschwester freundlich, doch man merkt ihr an, dass sie es eilig hat.

„Wie lange wird die noch dauern?“, hakt Hansi missmutig nach.

„Das kann ich nicht genau sagen, aber mindestens eine halbe Stunde wird das schon noch dauern“, antwortet sie und runzelt die Stirn. „Sind Sie Patienten von ihr?“

Hansi zückt seinen Dienstausweis, den er offensichtlich schon in seiner Hosentasche bereit hatte. Normalerweise ist Simone dabei immer schneller, doch heute scheint mein Kollege vorbereitet zu sein.

„Wir sind beruflich hier und müssen dringend mit ihr sprechen“, erklärt Hansi ihr. „Können wir irgendwo auf sie warten?“

„Am besten in der Kantine, direkt neben dem Haupteingang“, antwortet sie. „Dort können Sie warten und ich schicke Frau Freudmann zu Ihnen, sobald sie fertig ist.“

Ich wechsle mit Hansi und Simone einen fragenden Blick, bevor ich knapp nicke.

„Vielen Dank“, sagt Simone zu der Krankenschwester, bevor die wieder ihren Weg fortsetzt.

Simone geht auf die Treppe zu.

„Jetzt sind wir tatsächlich umsonst heraufgelaufen?“, seufze ich und sehe wie Simone mir einen amüsierten Blick über die Schulter zuwirft.

„Sieh es als sportliche Betätigung. Du wolltest dich doch mehr bewegen“, erwidert sie.

Ich werfe einen sehnsüchtigen Blick in Hansis Richtung, der bereits wieder vor den Aufzugtüren steht.

„Wir sehen uns in der Kantine. Ich bestelle dann schon einmal eine Tasse Kaffee und gönne mir ein Stück Kuchen.“

Ich stoße seufzend den Atem aus, bevor ich Simone zur Treppe folge. Zumindest ist es abwärts nicht so anstrengend. Allerdings ist es für meine Knie nicht sonderlich vorteilhaft bergab zu gehen. Aber laut meiner Frau ist Bewegung das A und O um die Gelenke geschmeidig zu halten.

Kurz darauf sind wir auch schon im Erdgeschoss. Die Treppe hinab zu gehen ist eben viel weniger anstrengend, als andersrum. Wir sehen gerade wie Hansi auf die Kantine zugeht. Sonderlich viel Vorsprung hat er nicht und wir schließen schnell zu ihm auf.

In der Klinikkantine herrscht Selbstbedienung und obwohl es wirklich überaus verlockende Tortenstücke in der Auslage gibt, bestelle ich mir nur einen Kaffee. Ich habe mich zuvor nicht bis in den dritten Stock hochgequält, nur um mir hier jetzt wieder eine Kalorienbombe reinzupfeifen.

„Kein Kuchen?“, fragt Hansi mit hochgezogener Augenbraue, als ich mich mit meiner Tasse Kaffee zu ihm an den Tisch setze.

Natürlich gönnt sich Hansi ein Stück Sahnetorte, während Simone sich ebenfalls mit einem Kaffee begnügt.

„Du ziehst es ja wirklich durch, Karl“, sagt Simone und ich glaube etwas Anerkennung in ihrer Stimme zu hören.

„Nachdem ich kurz vor dem dritten Stock fast einen Herzkaspar bekommen habe, sollte ich tatsächlich meinen Lebensstil etwas ändern“, erwidere ich und nippe an meiner Kaffeetasse, während Hansi genüsslich seine Torte futtert.

„Sehr lobenswert“, bestärkt Simone mich.

17. Kapitel

20. März, nachmittags halb vier in Straubing

„Wie lange wird es denn noch dauern, bis sie endlich kommt?“, fragt Hansi sichtlich genervt. „Kann man ihr nicht sagen, dass die Polizei mit ihr sprechen will?“

„Stell dir vor du liegst unterm Messer und dein Operateur wird abgezogen, weil die Polizei ihn sprechen muss und nicht warten will“, entgegnet Simone.

„Das würde dir doch auch nicht gefallen“, stimme ich Simone zu.

Hansi zuckt die Schultern.

„Wenn ein anderer Arzt übernimmt, ist das doch egal“, brummt er. „Außerdem lege ich mich nicht unters Messer.“

Eine junge Frau mit einem weißen Kittel kommt auf uns zu.

„Wollten Sie mich sprechen?“, fragt sie, als sie bei uns ankommt.

„Sind Sie Frau Doktor Freudmann?“, erwidert Simone.

„Ja, das bin ich.“

Da in der Kantine im Moment jede Menge los ist, können wir die Befragung unmöglich hier durchführen. Nach einer kurzen Vorstellungsrunde fragen wir die Ärztin, ob es einen Raum gibt, in dem wir uns kurz mit ihr ungestört unterhalten können.

„Wir können eins der Behandlungszimmer nutzen", schlägt sie vor und fordert uns zugleich auf ihr zu folgen.

Ich hoffe wirklich, dass wir nun nicht wieder die Treppe hoch müssen. Doch zum Glück überqueren wir nur den Flur. Dort öffnet Frau Freudmann eine Tür und bittet uns in einen Raum mit einer Untersuchungsliege an der Seite. In der Mitte steht ein Schreibtisch, vor dem stehen zwei Besucherstühle bereit.

„Jetzt fehlt noch ein Stuhl", murmelt sie etwas aufgeregt und sieht sich um.

„Keine Sorge, ich nehme die Liege", antwortet Hansi und lehnt sich daran an.

„Ja, okay", erwidert sie und setzt sich schließlich an den Schreibtisch, während Simone und ich ihr gegenüber Platz nehmen.

„Also, worum geht es?", fragt sie und verschränkt ihre Finger, als sie die Hände auf dem Schreibtisch ablegt.

„Sie sind doch mit Frau Winterfeld befreundet", fängt Simone an.

„Oh mein Gott, ist ihr etwas passiert?", hakt Frau Freudmann panisch nach.

Simone schüttelt den Kopf.

„Keine Sorge, es geht ihr gut“, beruhigt Simone die Frau sofort. „Wir ermitteln in einem Mordfall und haben ein paar Fragen dazu.“

„Was hat denn Helena mit einem Mord zu tun?“

„Ihre Freundin hat das Opfer aus dem Fitnessstudio gekannt. Er hat dort gearbeitet“, erkläre ich ihr.

„Es geht um den Tod von Tobias Neumann“, sagt sie.

Offenbar weiß sie von dem Mord. Kein Wunder, wenn sie die beste Freundin von Frau Winterfeld ist, hat diese ihr sicherlich von dem Mord erzählt. Noch dazu, da es sich bei dem Opfer um ihren Liebhaber handelte, denn auch das hat sie sicherlich nicht vor ihrer besten Freundin geheim gehalten.

„Kannten Sie Herrn Neumann?“, hakt Hansi nach.

Vielleicht war sie in der Nacht, als Herr Neumann getötet wurde, sogar mit ihm und Frau Winterfeld unterwegs. Allerdings hat Frau Winterfeld eine andere Freundin angegeben, bei der sie auch übernachtet hat. Diese hat diese Aussage auch bereits bestätigt. Also Frau Winterfelds Alibi ist gesichert, allerdings nicht von ihrer besten Freundin.

„Ja, ich kannte ihn.“

„Und wissen Sie auch, in welcher Beziehung Frau Winterfeld und Herr Neumann standen?“, frage ich sie.

„Vermutlich fragen Sie mich das, weil Sie längst wissen, dass die beiden ein Verhältnis hatten oder?“

Die Frau ist wirklich schlau. Kein Wunder, sonst hätte sie wohl keine Ärztin werden können.

„Wissen Sie denn auch, wie Ihre Freundin zu Herrn Merlik steht?“

Bei Simones Frage zieht Frau Freudmann ihre Augenbrauen zusammen. Ihre Miene zeigt deutlich, dass sie gerade fieberhaft darüber nachdenkt, was sie uns sagen soll.

„Am besten die Wahrheit!“, sage ich, obwohl sie gar keine Frage gestellt hat.

„Bitte?“, hakt sie stirnrunzelnd nach.

„Sie überlegen doch gerade, was Sie uns alles erzählen werden“, erkläre ich ihr. „Und da Sie eine Zeugin sind, müssen Sie uns die Wahrheit sagen.“

„Er ist der beste Freund von Helenas Partner“, antwortet sie schließlich zögerlich.

„Sonst nichts?“, hakt Hansi misstrauisch nach.

„Worauf wollen Sie hinaus?“

„Wir haben einen Streit zwischen Ihrer Freundin und Herrn Merlik mitbekommen“, erklärt ihr Simone. „Wissen Sie worum es dabei ging?“

„Haben Sie denn sie schon gefragt?“, erwidert sie mit einer Gegenfrage.

„Natürlich, deswegen sind wir ja hier“, flunkere ich.

Irritiert legt sich ihre Stirn in Falten. Vermutlich fragt sie sich jetzt, ob ihre Freundin sie als Alibi verwendet hat. Wenn sie uns jetzt anlügt, kann sie nicht wissen, ob ihre Aussage nicht vielleicht in totalem Gegensatz zu der Aussage ihrer Freundin steht. Wenn sie uns hingegen die Wahrheit sagt, dann kann sie nichts falsch machen. Ich hoffe wirklich, dass sie zu der gleichen Erkenntnis kommt.

„Sie und Jens hatten mal eine kurze Affäre, doch Helena hat das sofort beendet", gesteht sie schließlich.

„Frau Winterfeld hatte eine Affäre mit Jens Merlik?", hake ich ungläubig nach.

Die Ärztin nickt knapp.

„Hat Sie Ihnen das nicht erzählt?", fragt sie und offensichtlich hat sie ein etwas schlechtes Gewissen, dass sie ihre Freundin verpetzt hat.

„Nein, so hat sie das nicht gesagt", murmle ich.

„Wusste denn Herr Stein etwas von der Affäre?", hakt Simone nach.

Frau Freudmann schüttelt den Kopf.

„Soweit ich weiß, nicht."

„Wie hat Herr Merlik reagiert, als Frau Winterfeld die Affäre gleich wieder beendet hat?"

Bei Hansis Frage stößt Frau Freudmann den Atem aus.

„Nicht so gut", gesteht sie nach kurzem Zögern. „Er hatte sich wohl etwas mehr erhofft und wollte, dass sie die Affäre fortführen."

„Er hätte sich aber mit einer Affäre zufriedengegeben? Oder wollte er, dass sie sich von Herrn Stein trennt?“, hakt Simone nach.

„Nein, er wollte auf keinen Fall, dass ihr Freund davon erfährt. Er hätte sich wohl mit einer Affäre begnügt. Zumindest hat mir Helena das so erzählt.“

„Wusste er denn von Frau Winterfelds Affäre mit Herrn Neumann?“

Bei Simones Frage wird mir klar, dass Frau Winterfeld es ganz schön hat krachen lassen. Zuerst hat sie ihren Freund mit dessen besten Freund betrogen und dann mit ihrem Fitnesstrainer.

„Soweit ich weiß, hat Helena das keinem außer mir erzählt“, antwortet die Ärztin.

18. Kapitel

20. März, abends halb sechs in Straubing

Der Tag war lang und Frau Freudmann hatte wichtige Informationen für uns. Gleich morgen müssen wir nochmal mit Frau Winterfeld sprechen und sie mit ihrer Affäre mit Herrn Merlik konfrontieren.

Wenn Herr Merlik an jenem Abend von der Affäre seiner Angebeteten erfuhr, dann könnte es natürlich auch sein, dass er unser Opfer getötet hat. Vielleicht sogar zusammen mit Herrn Stein.

„Dann fahren wir gleich morgen Früh zu Frau Winterfeld“, mache ich mit den anderen aus, bevor ich ins Auto steige und endlich nach Hause fahre.

Daheim werde ich schon von Rosi erwartet.

„Da bist du ja endlich“, sagt sie, als ich die Küche betrete.

„Ja, ist ein bisschen spät geworden heute“, murmle ich.

Tatsächlich bin ich ziemlich geschafft. Nicht umsonst wird man wohl in meinem Alter in Pension geschickt. So einen langen Arbeitstag bin ich einfach nicht mehr gewohnt. Außerdem fühle ich mich schlapp. Vielleicht brüte ich ja etwas aus. Als ich neulich am Stammtisch war, hat Richard fürchterlich gehustet. Vermutlich hat er mich angesteckt.

„Ich habe einen Bärenhunger“, seufze ich, denn mein Mittagessen ist längst verdaut.

Ich kann es mir ja auch nicht erklären. Aber ich bin viel hungriger, als andere Menschen. Deshalb ist es auch kein Wunder, dass ich Probleme mit meinem Gewicht habe. Zumindest, habe ich das laut meiner Frau. Ich selbst bin grundsätzlich ganz zufrieden mit meiner Figur.

„Das trifft sich gut, denn das Essen ist gerade fertig“, antwortet sie und rührt mit einem Kochlöffel in ihrem Topf.

„Was gibt es denn?“, frage ich zuversichtlich.

„Linsensuppe mit Kokosmilch“, sagt sie und lässt es klingen, als würde es sich um eine Delikatesse handeln.

Doch das ist definitiv nicht der Fall. Ich mag keine Linsen und schon gar nicht in Kombination mit Kokosmilch. Ich bin nicht einmal sicher, ob ich diese überhaupt schon einmal gegessen habe.

„Jetzt verzieh nicht schon wieder das Gesicht und probiere die Suppe erst einmal!“, fordert sie mit strengem Blick.

Was bleibt mir schon groß anderes übrig. Immerhin bin ich hungrig und sicher wird Rosi nicht zulassen, dass ich mich aus dem Kühlschrank bediene. Außerdem wäre das auch nicht sonderlich nett meiner Frau gegenüber. Immerhin hat sie Zeit in der Küche verbracht, um die Suppe zu kochen und sie meint es gut damit, mir solche gesunden Gerichte vorzusetzen.

Daher nehme ich den Teller, den sie mir entgegenhält und setze mich damit an den Esstisch. Die Löffel liegen dort schon bereit. Rosi setzt sich zu mir und hat ebenfalls einen gefüllten Teller mit Suppe dabei.

„Guten Appetit“, sagt sie gutgelaunt und sie scheint sich tatsächlich auf die Suppe zu freuen.

Sie schiebt sich den ersten Löffel in den Mund und ich beobachte genau ihre Reaktion. Als sie das Gesicht nicht verzieht, und gleich noch einen weiteren Löffel von der Suppe zu sich nimmt, riskiere ich auch eine Kostprobe.

Der Geschmack überrascht mich und tatsächlich schmeckt sie nicht so schlecht, wie ich erwartet habe. Sicherlich wird es nicht mein Lieblingsgericht werden, aber wenn man bedenkt, dass es sich dabei um eine Linsensuppe handelt, ist sie wirklich genießbar.

„Schmeckt gar nicht schlecht“, gebe ich schließlich zu.

„Siehst du und sie ist wirklich gesund“, entgegnet sie.

Offensichtlich freut es sie, dass mir die Suppe schmeckt. Vermutlich hat sie damit gerechnet, dass ich sie schrecklich finde, wovon ich ja auch aus ausgegangen bin. Ich bin mindestens so überrascht wie sie, dass diese Befürchtung nicht eingetreten ist.

„Wie läuft es eigentlich mit der Arbeit?“, fragt sie.

„Frag lieber nicht. Es ist alles so verworren, doch langsam aber sicher bringen wir Licht ins Dunkel.“

„Denkst du am Wochenende hast du Zeit, damit wir etwas unternehmen könne?“, fragt sie.

„Was willst du denn unternehmen?“, hake ich nach, denn ich bin mir nicht sicher, ob ich an der Unternehmung wirklich teilnehmen möchte.

Rosis Vorstellung von einem schönen Wochenende ist meist eine andere, als meine. Während sie gerne aktiv und sportlich unterwegs sein möchte, bin ich eher so der gemütliche Typ.

„Ich dachte, wir könnten mal wieder eine kleine Radtour machen. Am Wochenende sagt er sonnig und frühlingswarm“, antwortet sie.

Wie ich bereits befürchtet habe. Rosi möchte das Wochenende sportlich aktiv verbringen, während ich mir lieber einen schönen Tag auf dem Sofa mache. Falls es wirklich so schön werden sollte, dann würde ich mich auch mit einer Liege im Garten zufriedengeben. Aber daran, dass ich mich abstrampeln soll, kann ich keinen großen Gefallen finden.

„Das kann ich leider noch nicht sagen“, erwidere ich daher. „Zuerst muss ich mal sehen, wie weit wir bis dahin mit unserem Mordfall sind. Du weißt ja, wenn es sein muss, dann arbeiten wir auch am Wochenende."

Ich gebe ja zu, dass ich die Arbeit in diesem Fall auch ein bisschen als Ausrede nutze. Somit kann ich Rosi daran hindern, dass sie schon eine Radtour plant und mir dann gar nichts anderes übrigbleibt als mitzufahren. So habe ich immer noch die Möglichkeit mir eine Ausrede einfallen zu lassen, sollte ich tatsächlich nicht arbeiten müssen.

Allerdings brauche ich diese Ausrede tatsächlich nicht, wenn wir nicht bald herausfinden, wer unser Opfer getötet hat. Ich bin mir ja ziemlich sicher, dass wir dem Täter schon ganz nahe sind, wir können nur noch nichts beweisen. Tatsächlich schwanke ich noch zwischen Herrn Stein und Herrn Merlik. Vielleicht war es auch eine gemeinsame Tat, oder es gibt noch eine weitere Person die in Frage kommt.

„Möchtest du noch Nachschlag?", fragt Rosi mich und reißt mich damit aus den Gedanken.

„Nein danke, ich bin satt", antworte ich ihr.

Schließlich würde es bei ihr sicher nicht so gut ankommen, wenn ich sagen würde, dass die Suppe so gut nun auch wieder nicht war, dass ich sogar Nachschlag haben möchte. Außerdem wartet im Wohnzimmer noch eine angefangene Schachtel mit Schnapspralinen auf mich.

Die habe ich vor ein paar Tagen aufgemacht und noch nicht einmal die Hälfte davon gegessen. Normalerweise brauche ich nicht so lange, um eine

Schachtel Pralinen zu leeren. Aber in letzter Zeit versuche ich mich tatsächlich etwas zurückzuhalten und vor allem Süßigkeiten einzuschränken.

Tatsächlich habe ich derzeit Probleme meine Hosen zuzubekommen und da ich nicht meine gesamte Garderobe austauschen möchte, muss ich mich etwas zügeln. Nicht, dass mir am Ende noch die Hose aufplatzt, wenn ich mich bücke. Zu Hause wäre das ja kein allzu großes Drama, aber wenn mir das in der Arbeit passieren würde, dann wäre ich Reviergespräch Nummer eins und darauf kann ich sehr gut verzichten.

Ich helfe Rosi noch beim Tisch abräumen, bevor ich ins Wohnzimmer gehe und die Pralinenschachtel aus dem Schrank hole. Heute begnüge ich mich mit zwei Stück davon und hoffe, dass ich mich auch an meinen Vorsatz halten kann.

19. Kapitel

21. März, morgens halb neun in Straubing

Wir stehen vor der Wohnung von Frau Winterfeld und klingeln. Ich bin ja wirklich gespannt, ob ihre Freundin sie schon von unserem Besuch unterrichtet hat und sie ihre Affäre mit Herrn Merlik gleich zugibt.

„Guten Morgen, mit Ihnen habe ich schon gerechnet“, begrüßt uns Frau Winterfeld, als sie uns die Tür öffnet.

Sie bittet uns in die Wohnung und bietet uns einen Platz und etwas zum Trinken an.

„Sie wissen also warum wir hier sind?“, fragt Simone, als wir am Esstisch der Frau Platz genommen haben.

Sie nickt.

„Jasmin hat mich angerufen und mir erzählt, dass Sie bei ihr waren. Ich weiß auch, dass sie Ihnen von meiner Affäre mit Jens erzählt hat“, gesteht sie gleich zu Beginn. „Aber Sie müssen mir glauben, ich habe die Sache sofort wieder beendet.“

„Also hatten Sie nicht mit Herrn Merlik und Herrn Neumann zugleich eine Affäre?“, hakt Hansi ganz pragmatisch nach.

„Natürlich nicht“, erwidert sie entrüstet.

Dabei braucht sie gar nicht so entsetzt zu tun. Immerhin ist sie dahingehend kein Kind von Traurigkeit und offensichtlich hat sie kein Problem damit ihrem Freund fremdzugehen. Das auch mehrmals, also ist es auch nicht so abwegig, wenn man ihr zutraut, dass sie auch drei Beziehungen parallel laufen hat. Obwohl das vermutlich schon zeitlich eine etwas größere Herausforderung wäre.

Ich frage mich ja, wie manche Menschen das alles unter einen Hut bekommen. Mir wäre das ja schon viel zu anstrengend, wenn man sich ständig Ausreden überlegen muss und dann auch noch darauf achten muss, dass man nichts durcheinanderbringt oder sich verquatscht.

„Was hat denn Herr Merlik davon gehalten, dass Sie die Beziehung zu ihm beendet haben?“, hake ich nach.

„Wir hatten keine Beziehung“, brummt sie. „Es war nur ein kleiner Ausrutscher.“

„Was hat er denn dann dazu gesagt, als Sie den Ausrutscher beendet haben?“, verbessere ich mich, kann dabei aber eine leichte Genervtheit nicht unterdrücken.

Immer dieses Herumgerede. Letztendlich hat sie ihren Freund hintergangen, egal wie schön sie es sich auch redet.

„Er wollte, dass ich es mir nochmal überlege. Seiner Meinung nach hätten wir uns weiter heimlich treffen sollen."

„Dann hätte er also seinen Freund weiterhin betrogen?", hakt Simone nach.

„Wenn es nach ihm gegangen wäre, schon. Aber das mit Jens war wirklich ein Fehltritt", beteuert sie.

„Und Ihr Freund hat davon nichts geahnt?"

Bei meiner Frage schüttelt sie den Kopf.

„Nein, das hätte Kilian dem Jens niemals zugetraut. Mir ja offensichtlich schon, sonst hätte er Tobias und mich ja nicht verfolgt", murmelt sie etwas geknickt.

Da lag der gute Herr Stein ja auch vollkommen richtig. Seine Freundin nimmt es nicht so genau mit der Treue und das hat er wohl auch schon gemerkt.

„Worum ging es in dem Streit mit Herrn Merlik wirklich?", fragt Simone und sieht Frau Winterfeld dabei durchdringend an.

„Er ist zu mir gekommen, weil er mir vorwarf ich hätte mit Tobias eine Affäre gehabt, obwohl ich ihm gegenüber sagte, dass ich Kilian nicht weiter betrügen wollte", erklärt sie.

„Also wollte er Sie rügen, weil sie seinen Freund weiterhin betrogen?", hakt Hansi nach.

Sie schüttelt den Kopf.

„Nicht nur das, er ist eigentlich gekommen, weil er wieder etwas mit mir anfangen wollte. Er faselte etwas von, dass er mich brauchen würde und er sich nach mir sehnte“, sagt sie seufzend.

„Er dachte also, dass er wieder an die Stelle von Herrn Neumann treten könnte?“, frage ich sie nachdenklich.

„Ich wollte nichts mehr von ihm und das habe ich ihm auch versucht deutlich zu machen.“

„Wusste Herr Merlik von Ihrer Affäre mit Herrn Neumann?“, hake ich erneut nach.

Frau Winterfeld zögert mit ihrer Antwort und stößt seufzend den Atem aus.

„Ich dachte eigentlich nicht, aber mittlerweile bin ich mir da nicht mehr so sicher“, murmelt sie.

„Warum nicht?“

Bei Simones Frage zuckt sie die Schultern.

„Kilian hat da so etwas angedeutet.“

„Was hat er angedeutet?“, fragt Hansi hörbar ungeduldig.

Dieser Frau muss man aber auch alles aus der Nase ziehen.

„Er hat am Rande erwähnt, dass Jens ihn darauf hingewiesen hat, dass ich sehr viel Zeit im Fitnessstudio verbringe und immer genau zu der Zeit, zu der Tobias Dienst hatte“, gesteht sie schließlich.

„Also hat Herr Merlik Ihren Freund überhaupt erst den Floh ins Ohr gesetzt, dass Sie ihn womöglich betrügen?“, hake ich nach.

„Das habe ich auch erst bei dem Streit erfahren“, gibt sie zu.

„Was genau hat Herr Merlik bei dem Streit zu Ihnen gesagt?“, fragt Simone nach. „Können Sie den genauen Wortlaut wiedergeben?“

„Ganz genau weiß ich es nicht mehr, aber im Grunde hat er gesagt, dass er wieder mit mir zusammen sein wollte. Er erwähnte nebenbei, dass er nun ja an die Stelle von Tobias treten könnte und er schließlich dafür gesorgt hätte, dass ich wieder Zeit für ihn hätte.“

Ich wechsle mit meinen Kollegen einen Blick.

Kann es sein, dass es nicht Herr Stein war, der unser Opfer getötet hat, sondern Herr Merlik?

„Moment, kann es sein, dass Sie gerade Jens in Verdacht haben?“, fragt Frau Winterfeld, als sie unsere Mienen sieht.

„Können Sie sich denn vorstellen, dass Herr Merlik die Tat begangen hat?“, hake ich nach und sehe Frau Winterfeld dabei durchdringend an.

Sie presst ihre Lippen aufeinander und ich sehe ihr an, dass sie sich das sehr wohl vorstellen kann. Wie es scheint hadert sie jedoch noch damit, ob sie uns das auch gestehen soll. Nach kurzer Bedenkzeit stößt sie seufzend den Atem aus.

„So wie er bei dem Streit reagiert hat, muss ich das leider bejahen“, sagt sie endlich. „Und da ist noch etwas.“

Nun bin ich wirklich sehr neugierig und starre sie auch dementsprechend angespannt an. Nach einer kurzen Bedenkzeit spricht sie endlich weiter.

„Mein Freund hat mir gestanden, dass er nicht mit Jens unterwegs war an jenem Abend. Er ist Tobias alleine gefolgt."

„Dann hat er uns also angelogen", stellt Hansi zähneknirschend fest.

„Er hatte Angst, dass Sie ihn für den Mörder halten und da war er ganz dankbar, dass Jens ihm das Alibi gegeben hat", erklärt sie.

„Und wie kam dann die Zigarette vor das Haus von Herrn Neumann?"

„Das war schon viel früher an dem Tag. Kilian hat Tobias schon aufgelauert, als er das Haus verlassen hat. Als er da wartete hat er die Zigarette aus dem Fenster geworfen. Anschließend hat er ihn verfolgt, bis er gesehen hat, dass ich mich mit Tobias getroffen habe. Daraufhin ist er wohl heimgefahren und hat etwas zu viel getrunken. Den Rest des Abends hat er dann seinen Rausch ausgeschlafen."

„So hat Herr Stein ihnen den Verlauf des Abends geschildert?", hakt Simone nach.

Frau Winterfeld nickt.

„Wir haben uns ausgesprochen und da hat er mir alles erzählt. Sie müssen mir glauben, Kilian hat Tobias nicht ermordet. Das würde er nie tun", beteuert sie. „Bei Jens wäre ich mir da allerdings nicht so sicher. Er ist auch nicht der Typ, der ohne Hintergedanken ein falsches Alibi erfinden würde. Immerhin könnte er dafür wirkliche Probleme bekommen, wenn das auffliegt. Das riskiert er nicht ohne Grund."

20. Kapitel

21. März, vormittags halb zehn in Straubing

Wir befinden uns auf dem Weg zu Herrn Stein. Immerhin hat seine Freundin gerade sein Alibi platzen lassen. Andererseits rückt nun natürlich Herr Merlik in unseren Kreis der Verdächtigen, um nicht zu sagen, er ist unser Hauptverdächtiger. Denn die einzige Erklärung, warum er seinem Freund dieses Alibi gegeben hat, ohne dass der offensichtlich darum gebeten hatte, ist, dass Herr Merlik der Täter ist und sich auf diese Weise selbst ein Alibi verschafft hat.

Eigentlich ist das ja gar nicht dumm. Er hat Herrn Neumann umgebracht, weil der in seinen Augen sein Widersacher war, und anschließend hat er sich ein Alibi für die Tatzeit verschafft, indem er unseren Hauptverdächtigen ein Alibi gegeben hat.

Sollte Herr Stein die Geschichte seiner Freundin nun bestätigen und aussagen, dass sich alles genauso abgespielt hat, dann müssen wir Herrn Merlik ins Kreuzverhör nehmen und ein Geständnis aus ihm herausbekommen.

Schon nach dem ersten Klingeln öffnet Herr Stein uns die Tür. Nach einer kurzen Begrüßung lässt er uns in die Wohnung und bietet uns einen Platz an. Er wirkt überraschend zuvorkommend und es macht nicht den Anschein, als würde ihn unser Besuch stören. Er ist nicht so abweisend, wie er es anfangs war. Vielleicht hat seine Freundin ihm ja schon davon erzählt, dass sie uns erzählt hat, wie es seiner Aussage nach gelaufen ist.

„Ich habe schon mit Ihrem Besuch gerechnet", sagt er, nachdem er uns einen Platz angeboten hat.

„Wir haben mit Ihrer Freundin gesprochen", sagt Simone.

„Ja, ich weiß", murmelt er. „Sie hat mich angerufen."

„Und haben Sie etwas dazu zu sagen?", hake ich nach.

„Ich habe den Abend nicht mit Jens verbracht, aber als er mir erzählte, dass er mir bei der Polizei dieses Alibi gegeben hat, um mir zu helfen, habe ich das natürlich dankbar angenommen", gesteht er. „Da wusste ich auch nicht, dass er es auf meine Freundin abgesehen hat und deswegen seinen Nebenbuhler umbrachte. Vermutlich wäre ich der nächste auf seiner Liste gewesen, damit er bei Helena freie Bahn gehabt hätte."

In diesem Moment klingelt es an seiner Tür. Er geht zur Gegensprechanlage und drückt auf den Knopf.

„Hey Kumpel, ich bin es", antwortet der Besucher auf Herrn Steins Frage, wer da ist.

Sofort erkenne ich Herrn Merliks Stimme. Fragend sieht Herr Stein zu uns. Unisono nicken meine Kollegen und ich ihm zu. Das trifft sich ja sehr gut, dass Herr Merlik jetzt noch zufällig hinzukommt. Vielleicht ist er dann ja gleich bereit, uns zu gestehen, wie die Nacht wirklich verlaufen ist.

Herr Stein drückt auf den Türöffner. Während Herr Merlik durch das Treppenhaus zur Wohnungstür kommt, weisen wir Herrn Stein an, er solle ihm die Wohnungstür öffnen und ihn dann zu uns in die Küche bringen. Auf sein überraschtes Gesicht, wenn er uns sieht, freue ich mich schon.

Wir hören, wie Herr Stein seinem Freund die Tür öffnet und ihn begrüßt. Anschließend kommt er zu uns in die Küche, wobei er noch großkotzig den Triumph durch das falsche Alibi hinausposaunt.

Als er die Küche betritt und uns sieht, verstummt er jedoch abrupt. Entsetzt starrt er uns an, bevor er zu seinem Freund sieht.

„Warum hast du mir denn nicht gesagt, dass die Polizei da ist?“, fragt er ihn vorwurfsvoll.

„Weil Herr Stein seine Aussage bereits korrigiert hat. Sie sollten uns lieber auch die Wahrheit sagen!“, fordert Simone ihn auf.

„Was soll das heißen?“, fragt Herr Merlik seinen Freund und sieht ihn dabei ungläubig an.

„Ich habe ihnen alles gesagt“, antwortet Herr Stein ihm und verschränkt entschlossen die Arme vor der Brust.

„Aber warum denn?“, hakt er nach.

„Wann wolltest du mir denn sagen, dass du auf meine Freundin scharf bist?“, ruft Herr Stein aufgebracht.

Herrn Merliks Mund klappt auf und nun kann man ihm deutlich ansehen, dass er damit nicht gerechnet hat. Vermutlich hat er darauf gesetzt, dass sein Plan aufgeht. Doch als Frau Winterfeld sich mit ihrem Freund ausgesprochen hat und sie dabei alle Geheimnisse einander erzählt haben, schlug Herrn Merliks Plan fehl.

„Kilian, das ist anders als du denkst“, versucht er seinen Freund zu beruhigen. „Ich wollte sie dir nicht wegnehmen.“

„Wolltest du nicht?“ Herr Stein lacht freudlos auf. „Was wolltest du denn dann? Sie nur ab und zu vögeln?“

Jetzt ist Herr Stein wirklich sauer. Er funkelt seinen Freund finster an. Dieser wirkt überrumpelt, ja schon fast hilflos. Damit hat er jetzt wohl nicht gerechnet.

„Aber sie ist dir doch sowieso fremdgegangen“, murmelt Herr Merlik.

„Und da dachtest du, es wäre für mich kein Problem, wenn du auch noch ihr Liebhaber wärst?“

Mittlerweile schreit Herr Stein richtiggehend und normalerweise würden wir auch versuchen die Gemüter zu beruhigen, doch in diesem Fall hoffen wir darauf, dass Herr Merlik ungewollt ein

Geständnis ablegt. Er wäre nicht der Erste, dem im Eifer des Gefechtes etwas rausrutscht, das er bei einer normalen Befragung nie gesagt hätte.

„Nicht auch noch, sondern nur dich und mich“, erwidert er.

Also entweder Herr Merlik ist tatsächlich davon ausgegangen, sie drei könnten einen Weg finden, wie sie gemeinsam eine Beziehung führen könnten, oder der Mann ist einfach nur psychisch nicht ganz auf der Höhe.

„Du bist doch völlig verrückt!“, ruft Herr Stein, der offensichtlich meine Vermutung teilt.

Offensichtlich sieht er es genauso wie ich. Sein Freund hat nicht mehr alle Latten am Zaun.

„Hast du mich deswegen darauf hingewiesen, dass Helena eine Affäre mit dem Fitnesstrainer haben könnte?“, fragt Herr Stein und ich habe das Gefühl, als ob wir langsam in die richtige Richtung kommen.

Wenn Herr Stein so weitermacht, dann stellt er genau die Fragen, die für uns wichtig sind.

„Ich wollte, dass du es weißt und dir den Kerl vom Hals schaffen kannst“, ruft nun auch Herr Merlik, der allem Anschein nach langsam aber sicher ebenfalls die Geduld verliert.

Das ist gut so, denn wenn er richtig in Rage kommt, dann wird er vielleicht den Mord gestehen. Das würde uns eine Menge Arbeit mit der Suche nach weiteren Beweisen sparen und der Staatsanwalt hätte leichtes Spiel. Sollte die DNA unter Herrn Neumanns

Fingernägeln von Herrn Merlik stammen, würden die Beweise wohl ausreichen. Doch das wissen wir im Moment noch nicht und wenn Herr Merlik ein Geständnis ablegt, dann wäre das auch gar nicht mehr so wichtig.

„Was meinst du damit?“, hakt Herr Stein stirnrunzelnd nach.

Jetzt steht der gute Mann aber schon etwas auf dem Schlauch. Andererseits spielt uns seine Nachfrage vielleicht in die Hände.

„Wenn du ein richtiger Mann wärst, dann würdest du deine Widersacher aus dem Weg räumen. Aber alles was du getan hast, war dich zu betrinken, als du von Helenas Affäre erfahren hast.“

Jetzt ist es Herr Merlik, der lautstark seinem Ärger Luft macht.

„Aber dir fehlen ja die Eier!“

„Ach, und du hast diese Eier oder was?“, brüllt Herr Stein zurück.

„Ich habe zumindest den anderen aus dem Weg geräumt“, ruft Herr Merlik und noch bevor er die Worte richtig ausgesprochen hat, wird ihm wohl klar, dass er sich gerade verraten hat.

Er zuckt merklich zusammen und sieht entsetzt zu uns. Sein Fehler ist ihm wohl gerade klar geworden. Als ich ihn mit hochgezogenen Augenbrauen zufrieden anlächle, verfinstert sich sein Blick und er richtet diesen auf Herrn Stein.

„Du verdammter Mistkerl, wegen dir muss ich jetzt in den Knast“, ruft er fuchsteufelswild und geht auf Herrn Stein los.

Dieser reißt seine Hände in die Höhe und versucht den Angriff abzuwehren. Simone und Hansi springen auf und halten Herrn Merlik zurück, während ich die Handschellen bereithalte. Als die beiden seine Hände auf dem Rücken gedreht habe, lege ich ihm die Handschellen um.

„So Herr Merlik, dann wollen wir mal“, sagt Hansi zufrieden und führt den Mann ab.

Wir verabschieden uns noch kurz von Herrn Stein, der glücklicherweise ohne körperlichen Schaden den Angriff überstanden hat, bevor wir Hansi folgen.

Ich bin zufrieden, dass wir endlich den richtigen Täter haben und er uns auch noch den Gefallen getan hat und in unserem Beisein ein Geständnis abgelegt hat. Somit können wir diesen Fall guten Gewissens an den Staatsanwalt übergeben. Das bedeutet allerdings auch, dass ich am Wochenende wohl aufs Fahrrad muss. Vielleicht lässt sich Rosi ja davon abbringen, wenn ich meine Knieschmerzen etwas dramatisiere.

ENDE

Impressum

Elisa Lark
c/o Werneburg Internet Marketing und Publikations-Service
Philipp-Kühner-Straße 2
99817 Eisenach

E-Mail: elisa-lark@freenet.de

Vielen Dank,

für den ehrlichen Erwerb meines Buches. Ich hoffe die Geschichte um den pensionierten Polizisten Karl Ramsauer hat dir gefallen.

Falls dem so ist, würde ich mich sehr freuen, wenn du dir die Zeit nehmen würdest eine Rezension zu schreiben.

Deine Elisa Lark

Glossar

Kanapee:	Sofa, Couch
Krautwickerl:	Kohlrouladen
Hamperer:	Nichtsnutz
lagg:	abgestanden
Diandl:	Mädchen
Schwammerlsuppe:	Pilzsuppe
Batz:	Dreck
Bissgurke:	anstrengende, nervige Frau
Preiß:	Menschen, die nicht bayrisch sprechen oder nicht aus Bayern kommen
Hallodri:	Weiberheld, hinter jedem Rock her
Sulze:	gebratenes kaltes Fleisch in saurem Gelee

Hundstage:	Tage, an dem es einem schlecht geht
Spezi:	Freund, Kumpel
Watterer:	Kartenspiel
ausschoffen: (Watten)	Spielzug beim Kartenspiel
Hagelstegga:	Gehstock

Wenn ihr wissen wollt, ob der Ramsauer weiterhin auf Verbrecherjagd geht, dann haltet die Augen nach seinem nächsten Fall offen. Infos und Neuigkeiten gibt's auf meiner Facebook-Seite.

Das Böse schläft nie …

In diesem Sinne, bis zum nächsten Mal!

Printed in Poland
by Amazon Fulfillment
Poland Sp. z o.o., Wrocław

36746252R00075